DREAMBOOKS★

완전기억자

강형욱 현대판타지 장편소설
MODERN FANTASY STORY & ADVENTURE

1

dream
books
드림북스

완전기억자 1

초판 1쇄 인쇄 / 2014년 11월 19일
초판 1쇄 발행 / 2014년 11월 26일

지은이 / 강형욱

발행인 / 오영배
책임편집 / 편집부
펴낸 곳 / (주)삼양출판사 · 드림북스

주소 / 서울특별시 강북구 솔샘로67길 92
대표 전화 / 02-980-2112 팩스 / 02-983-0660
편집부 전화 / 02-980-2116 팩스 / 02-983-8201
블로그 / blog.naver.com/dreambookss

등록번호 / 제9-00046호
등록일자 / 1999년 3월 11일

ⓒ 강형욱, 2014

값 8,000원

ISBN 979-11-313-0186-9 (04810) / 979-11-313-0185-2 (세트)

* 지은이와 협의하에 인지는 생략합니다.
* 잘못된 책은 구입한 곳에서 바꾸어 드립니다.

이 도서의 국립중앙도서관 출판시도서목록(CIP)은 서지정보유통지원시스템홈페이지
(http://seoji.nl.go.kr)와 국가자료공동목록시스템(http://www.nl.go.kr/kolisnet)에서
이용하실 수 있습니다. (CIP제어번호: 2014033302)

완전기억자

강형욱 현대판타지 장편소설

MODERN FANTASY STORY & ADVENTURE

1

dream
books
드림북스

목차

서장

우리는 흔히 평생토록 뇌의 일부분만 사용하면서 살아간 다는 말을 듣는다.

심지어 위대한 물리학자 아인슈타인조차 자기 뇌의 15% 도 채 사용하지 않았다고 한다.

"보통 사람은 뇌의 10%, 천재라도 고작 15%를 사용한 다."

윌리엄 제임스가 언급했던 이 말.

현대에 와서 이것은 틀린 것으로 밝혀졌다. 우리 뇌에서 사용되지 않는 부분은 없지만 뇌의 모든 영역이 동시에 활성화되지 않을 뿐인 것이다.

시각, 청각, 후각, 촉각, 미각의 다섯 가지 감각 기능도 각각의 감각이 필요할 때만 활성화되고 운동 능력, 기억 능력, 지적 능력 등도 마찬가지다. 여러 조각으로 쪼개져 있다가 필요한 부분이 그때그때 활성화되는 게 바로 뇌였다.

아인슈타인은 단지 지적 능력 영역이 남들보다 조금 더 넓었을 뿐이었다.

그런데 만약 모든 영역이 동시에 활성화될 수 있다면, 그리고 모든 감각이 한 가지 기능으로 재편성될 수 있으면 어떻게 될까?

Everyone is a Genius.

누구나 천재다.

알베르트 아인슈타인이 남긴 말이다.

Chapter. 01

"으으."

뒷골이 땡기면서 머리가 아팠다.

지이잉— 하는 소리가 사방에서 울리는 것 같았다.

"선생님, 환자분 일어났어요! 박건형 씨, 정신이 드세
요?"

몸을 거칠게 흔드는 소리에 얼굴이 구겨졌다. 눈을 뜨자
하얀 가운을 입은 늘씬한 여자가 보였다.

그녀는 계속해서 무언가 소리를 치고 있었는데 무슨 말
을 하고 있는 건지 제대로 들리지가 않았다.

"박건형 씨, 괜찮아요? 정신이 들어요?"

건형이 가까스로 정신을 차렸다. 눈을 뜨자 하얀빛에 정신이 아득해졌다. 어찌어찌 몸을 일으켜 봤다. 우웅거리는 소리가 들렸다. 그리고 뒤통수가 지끈거리며 아팠다.

"여, 여기가 어디죠?"

"환자분, 여기 S대학 병원 응급실이에요. 몸은 괜찮으세요? 기억나는 건 있으세요?"

"대, 대학 병원요? 제가 왜 여기에 있는 거죠?"

건형이 뒷머리에 손을 가져갔다. 하얀 붕대 같은 게 만져졌다. 도대체 이게 왜 머리에 감겨져 있는 거지?

눈을 떠 보니 온통 이해할 수 없는 일투성이였다.

그때 하얀 가운을 입은 의사가 건형에게 다가와서 말했다.

"골목길에 쓰러져 계신 걸 어떤 분이 신고해서 구급차로 급히 모셔 왔어요. 머리가 깨진데다가 뇌출혈까지 있어서 긴급수술했고요. 지금 막 수술 끝나고 중환자실로 옮긴 거예요. 괜찮으세요?"

"도, 도대체 어떻게 된 건지 모르겠는데. 무슨 일이 있었던 거죠?"

"목격자 말로는 환자분이 의식을 잃고 쓰러져 있었다고

했어요. 머리에서는 잔뜩 피를 흘리고 있었고요. 뭐 기억나는 거 없으세요?"

아무것도 생각나는 게 없었다. 머릿속이 뿌옇기만 했다.

흐리멍덩한 건형 눈동자에 여의사가 얼굴을 구겼다.

'단기 기억상실증인 거 같은데.'

일단 그녀는 한쪽에 어정쩡하게 서 있는 경찰들을 불러왔다.

"아무래도 단기 기억상실증 같아요. 기억나는 게 마땅히 없으실 거 같네요."

"고맙습니다."

여의사와 대화를 주고 받던 두 경찰 중 한 명이 건형에게 다가와 입을 열었다.

"환자분, 박건형 씨 맞으시죠? 종로 경찰서에서 나왔습니다. 혹시 의식을 잃기 전에 기억나는 거 뭐 없으세요?"

건형은 차근차근 기억을 되살려 보려고 했다. 흐리멍덩하던 게 조금씩 밝아지며 몇 가지 기억이 어렴풋이 났다.

"친구들하고 술을 마신 뒤 집에 가는 길이었는데 골목길에서 누가 뒤에서 때려서 그러다가 아르바이트 월급 봉투를……."

그러다가 생각이 미친 게 있었다.

아르바이트해서 받은 월급!

한 달 과외 끝나고 받은 월급이었는데 그게 어디에도 없었다.

"혹시 제 돈 못 보셨어요? 제 바지 호주머니에 돈 봉투 들어 있었는데 어디 간 거죠? 제 바지 어디 있냐고요!"

"그런 돈은 없었어요. 진정하세요."

한편 그런 건형을 쳐다보던 경찰들이 한숨을 내쉬며 말했다.

"아무래도 퍽치기에 당한 모양인데?"

"그러게. 요새 이 근처에서 퍽치기 사고가 많이 일어난 다더니. 쯧, 이 사람도 그거에 당했나 보네."

"목격자도 없고 근처에 CCTV도 없고. 범인을 찾을 수 있을까?"

"어떻게 찾아? 현장 가서 한번 둘러보고 애매하다 싶으면 그냥 수배나 내려야지. 그 녀석들 누군지 모르겠지만 되게 용의주도하단 말이야. 일부러 CCTV 없는 곳만 골라서 잠복중이다가 술에 취한 사람들만 노리는 거 보면."

서로 대화를 나누던 경찰들은 건형에게 차근차근 설명하기 시작했다.

"아무래도 요새 이 근방에서 종종 퍽치기 사고가 일어나는데 그것에 당한 게 아닌가 싶습니다. 2인조로 돌아다니면서 술에 취한 사람들만 노리는 전문적인 놈들이거든요. 일단 수사해 보고 알아보는 대로 연락드리겠습니다."

"저, 저기요. 제 돈은 찾을 수 있는 건가요?"

"일단 그 일당을 잡아야 하는데 아무래도 조금 어렵지 않을까 싶습니다. 일단 몸조리 잘하시고 나중에 다시 연락드리도록 하겠습니다. 이건 제 명함입니다. 혹시 기억나는 거 있으시면 꼭 연락주시고요."

경찰들이 떠나고 건형은 홀로 병실에 남겨졌다. 시간이 지나자 어느 정도 몸 상태가 회복이 됐다.

여전히 머리는 우웅거리며 울리고 있었지만 그것 말고는 전체적으로 괜찮은 상태였다.

문제는 아르바이트 월급을 도둑맞았다는 것이었다. 당장 그 돈이 없으면 대학교 등록금을 내는 것도 불가능한 상황이었다. 그렇다고 해서 달리 돈을 빌릴 수 있는 데가 있는 것도 아니었고.

건형은 입술을 깨물었다. 이 상황을 어떻게 헤쳐 나가야 할지 감이 잡히질 않았다.

'일단 퇴원부터 해야 돼. 그리고 그 녀석들을 잡아야 해.'

그렇지만 그 녀석들을 잡는다고 해서 돈을 돌려받을 수 있을까?

어차피 하루 이틀 정도면 다 써 버릴 텐데 말이다.

그럴 바에는 다른 수를 써서 학비를 버는 게 나을 터였다.

'차라리 학자금 대출을 알아볼까? 요새 학자금 대출 같은 거 해 주는 곳도 있다던데.'

여러 가지 잡생각이 머릿속을 헝클어트렸다.

그러다가 시간이 지나면서 슬슬 다시 잠이 몰려왔다. 병원에서는 아직 그에게 휴식을 취할 것을 권유하고 있었다. 뇌출혈이 있었던 만큼 각별히 주의를 기울일 필요가 있다는 것이었다.

*　　　*　　　*

며칠 뒤, 건형은 파리한 얼굴로 퇴원을 할 수 있었다. 그런데 여기에서 또 하나 문제가 발생했다. 퇴원을 하면서 병원비를 내야 했는데 그 병원비가 만만치 않게 나온 것이었다.

응급실에 실려온데다가 MRI를 찍고 뇌수술까지 받았다

보니 비용이 장난 아니었다. 퍽치기를 한 일당들을 잡았다면 그놈들한테 물어내게 할 수 있을 테지만 그럴 수 있는 상황도 아니었다.

경찰들은 그때 병원에 한 번 왔다간 이후로 연락 한 번 없었다.

결국 건형은 통장에 아껴뒀던 비상금을 탈탈 털 수밖에 없었다.

그렇게 되자 퇴원을 하긴 했지만 통장 잔고는 몇 천 원밖에 남아 있질 않았다.

당장 학비도 필요하고 생활비도 마련해야 하는 입장에서 모든 게 다 턱없이 부족했다.

집에 도착한 건형은 멍하니 천장을 바라봤다. 답답했다. 도저히 좋은 방법이 생각나질 않았다. 미쳐 버릴 것만 같았다. 휴대폰을 들어 확인해 보니 부재중 통화와 문자가 몇 건 도착해 있었다.

부재중 통화는 엄마한테 걸려온 게 네 통이고 나머지는 친구들한테 온 것이었다.

문자 내용은 대부분 비슷했다. 일단 건형은 엄마한테 먼저 전화를 걸었다.

"엄마. 네, 저예요. 무슨 일 있으세요?"

[아들, 왜 연락을 안 받아? 어디 아팠어?]

"아, 아뇨. 별일 없어요. 아르바이트하느라 바빠서요. 엄마 몸은 어떠세요?"

[나야 평소하고 같지. 그냥 아들 목소리 듣고 싶어서 전화해 봤어. 조금 있으면 개강인데 학비는 마련한 거야?]

건형이 파르르 떨리는 목소리로 대답했다.

"네, 그럼요. 걱정하지 마세요. 제가 누구 아들인데요. 엄마 아들이잖아요! 이미 다 모아 뒀으니까 염려하지 마세요."

[그래, 우리 아들 장하네. 언제 시간 되면 집에 한번 내려오고. 알았지? 나중에 또 통화하자.]

휴대폰 너머 누군가 엄마를 부르는 목소리가 들렸다. 아무래도 그 아픈 몸을 이끌고 또 무슨 아르바이트 같은 걸 하는 모양이었다.

건형은 한숨을 길게 내쉬었다.

그것도 잠시 그는 낡은 컴퓨터를 켰다. 그리고 인터넷에 접속해서 학교 홈페이지에 들어가 봤다. 등록금 1차 납부 기간은 이미 지난 뒤였다. 다음 납부 기간 또한 얼마 남지 않은 상황.

등록금을 납부하지 못하면 장학금도 물 건너가게 되고

꼼짝없이 1년을 쉬어야 했다.

'지금 당장 돈을 벌 수 있는 방법이 뭐 없을까.'

건형은 곰곰이 생각에 빠졌다.

곱상한 그의 얼굴이 잔뜩 찌푸려졌다.

일단 친구들한테 돈을 빌리는 건 패스.

애초에 가족은 불가능.

그렇다면 남는 건 하나뿐이었다.

'결국 대출을 받아야 하나…….'

최후의 보루, 학자금 대출이 남아 있긴 했다.

그러나 이 방법은 썩 내키지 않았다.

문제는 이거 말고 딱히 방도가 없는 것도 사실이었다.

건형은 입술을 깨물었다. 가능하다면 어디 먼데 도피라도 하고 싶은 심정이었다.

마음이 괴로웠다.

사실 누구라고 이렇게 살고 싶어서 살까?

대부분 삐까뻔쩍한 집에서 호의호식하며 인생 폼 나게 살고 싶을 터였다. 가난하길 원하는 사람도 단 한 명도 없는데…….

건형이 주저앉았다.

희망이 보이질 않았다.

그래도 어떻게 악착같이 살면 어떻게든 쥐구멍에 볕들 날이 오겠지, 라고 생각했었는데…….

현실은 더 냉정했다.

한동안 건형은 폐인처럼 집구석에 틀어박혀 있었다. 앞이 캄캄했다. 곱상했던 얼굴은 몇 년은 늙어 보일 정도로 푹 삭아 있었고 눈은 흐리멍덩했으며 입술은 메마른 상태였다.

"후, 젠장. 어차피 졸업해도 의미 없어. 명문대 졸업해봤자 취업이 잘 되는 것도 아니고 졸업한다고 장밋빛 인생이 펼쳐지는 것도 아닌데. 으으, 그냥 이렇게 아무도 모르게 죽었으면 좋겠다."

눈은 흐리멍덩해지다 못해 퀭해져 있었다. 뱃속에서 꼬르륵거리는 소리가 연신 들려왔지만 무언가를 먹고 싶은 생각은 없었다. 그냥 이대로 모든 걸 다 내려놓은 채 포기할 심산이었다.

멍하니 집안에 처박혀 있을 때였다. 책장을 올려다보다가 눈에 들어오는 게 하나 있었다. 그것은 아버지의 수첩이었다.

아버지는 건형의 기억 속에 항상 존경하는 분으로 남아

있었다.

그는 경찰이었다. 항상 솔선수범했고 나쁜 놈들을 때려 잡던 그런 분이었다.

그러던 어느 날 아버지는 현장에 출동했다가 순직하고 말았다.

건형은 일어나 수첩을 펼쳐 봤다. 아버지가 빼곡하게 적어 둔 것들이 눈에 들어왔다. 수첩에는 자신이 태어났을 때부터 무슨 일이 있었는지 차곡차곡 적혀 있었다.

건형은 눈시울을 붉히며 수첩을 읽어 내려갔다.

그리고 마지막 페이지를 읽는 순간 입술을 깨물었다.

그곳에는 아버지의 당부가 적혀 있었다.

〈건형아. 너한테 부탁하고 싶은 게 있다. 혹시 내가 이 세상에 없게 된다면 가족을 부탁한다. 내가 죽으면 가장 은 너다. 네가 엄마를, 여동생을 지켜다오. 너를 믿는다.〉

아버지의 목소리가 환청처럼 귓가에 들려오는 것만 같았 다.

건형은 주먹을 세게 움켜쥐었다.

여기서 물러설 수는 없었다. 한 번 주저앉는다고 거기서 끝나는 건 아니다. 주저앉더라도 다시 일어나면 됐다.

"다시 해 보자. 뭐든 하면 돼. 불가능은 없으니까."

할 수 있는 일이야 많았다. 돈은 잃어버렸지만 몸뚱이는 여전히 튼튼했다. 정 안 되면 공사장에 나가서 노가다를 해서라도 돈을 벌면 되는 일이었다.

"까짓것 한번 해 보자. 밑져야 본전이잖아!"

건형이 정신을 차렸다.

그러자 급격히 허기가 졌다. 뭐라도 먹고 움직여야 할 듯했다.

그러나 생활비까지 다 써 버린 마당에 남은 돈이 있을 리가 없었다. 집안을 샅샅이 뒤졌다. 냉장고는 텅텅 빈 상태. 그러다가 구석진 곳에 처박아 둔 라면 한 박스가 눈에 들어왔다.

눈물이 핑 돌았지만 그는 주먹을 쥐며 다짐했다.

"할 수 있어. 나는 할 수 있다!"

이제 다시 시작이었다.

Chapter. 02

하늘에서 햇볕이 쨍쨍 내리쬐고 있었다. 아직 봄인데 무슨 햇살이 이렇게 따가운 건지 알 수 없었다.

"으랏차차!"

건형은 시멘트 포대를 등에 짊어지고 계단을 올라가기 시작했다. 요 며칠 공사장에서 포대만 잔뜩 날랐더니 허리가 지끈거리는 듯했다. 새하얗던 피부도 까무잡잡하게 탄 상태였다. 그가 공사장 아르바이트를 구한 이유는 별거 없었다.

당장 이런저런 아르바이트 자리를 알아봤지만 단기간에

많은 돈을 벌 수 있는 건 없었다.

그렇다 보니 건형이 할 수 있는 건 하나뿐이었다. 공사장 노가다를 뛰는 일이었다. 키 크고 체격도 건장하고 눈에 독기를 품은 덕분에 공사장 아르바이트를 자리를 쉽게 구할 수 있었다.

원래 공사장 일용직은 10만 원을 받게 되어 있다.

그러나 건형은 초보자라서 1만 원을 떼이고 인력 소개소에서 또 10%인 1만 원을 떼어 간다.

그렇다 보니 손에 쥐는 돈은 8만 원 남짓.

"벼룩의 간을 떼어가도 유분수지. 빌어먹을."

일단 건형은 3차 납부 기간 직전까지 부지런히 노가다를 뛰어서 돈을 마련해 볼 생각이었다.

지금 가장 필요한 건 대학 등록금이었지만 그것 말고도 살고 있는 집 월세도 마련해야 했고 휴대폰 이용료나 공과금도 내야 한다.

그러려면 돈이 필요했다.

"일해도, 일해도 끝이 없구나."

"짜샤! 뭘 그렇게 계속 좋알거리고 있어."

"아, 민수 형."

건형의 어깨를 툭 친 건 이 공사장에서 같이 아르바이트로 일하고 있는 네 살 터울의 형이었다. 들어 보니 공무원 시험을 준비하다가 생활비가 없어서 노가다를 뛴다고 했었다.

"임마, 너 그렇게 한탄만 하다가는 아무것도 못 한다. 어쩔 수 없는 거야. 누가 가난한 집에서 태어나고 싶어서 태어났겠냐? 그건 어쩔 수 없다지만 네 인생은 네가 개척하는 거야."

"그건 그렇지만 지금 당장이 너무 힘들어서요. 학비도 마련해야 하고, 월세도 내야 하고, 공과금도 내야 하고……. 돈 들어갈 데가 너무 많아요. 로또 일등이라도 당첨되면 좋을 텐데 이건 망상이겠죠?"

"허튼 데 돈 쓰지 말고 저축해 둬. 아직 너는 젊잖아. 이제 스물넷밖에 안 된 녀석이 그렇게 처져 있으면 어쩌려고 그래."

"그러게요. 제가 너무 어리광만 피웠나 봐요. 죄송해요."

"나한테 죄송할 게 뭐 있어? 결국 중요한 건 너 자신이야. 너 자신이 마음가짐을 어떻게 하고 사느냐에 따라 네 인생이 결정된다는 말이지. 무슨 말인지 알겠어? 그러면 다시 일하자. 빨리 일 끝내고 돈 받아야지. 안 그래?"

"네, 민수 형!"

건형이 환하게 웃었다.

만약 이곳에 민수가 없었다면 쉽게 지쳐 포기했을지도 몰랐다.

민수가 있기 때문에 겨우겨우 버티고 있었다.

건축 현장에서 노가다를 한 지도 어느덧 열흘째가 되었다.

건형은 하루 번 돈을 은행에 꼬박꼬박 저축하며 학비를 마련하고 있었다.

일은 힘들었다. 매일 아르바이트가 끝나면 온몸에 덕지덕지 파스를 붙여야 했다. 부쩍 일을 한 덕분인지 온몸 곳곳에 붙어 있던 군살도 쑥 들어간 것만 같았다. 몸이 아파서 집에 들어가면 끙끙 앓아눕곤 했다.

하지만 목표가 있기에 열심히 일했고 그 결실을 거둘 수가 있었다.

오늘도 현장에 일찍 도착했다. 저 멀리 민수가 보였다. 건형이 민수에게 다가갔다.

"민수 형!"

"어, 건형이 왔냐?"

"네, 오늘도 일하려고 왔어요. 돈 벌어야죠."

"그래, 오늘도 열심히 해 보자. 그건 그렇고 너 내일 안 나온다던데 무슨 일 있어?"

"아, 병원에 가 봐야 해서요."

퍽치기에 당했던 그날 뇌진탕이 왔었고 뇌출혈도 일어났었다. 그래서 병원에서 긴급수술을 받기도 했다.

그 뒤 한동안 신경을 안 쓰고 있었는데 최근 들어 계속 두통이 오고 있었다.

머리가 지끈거리면서 전기가 찌릿 올라오는가 싶더니 바늘로 쿡쿡 찌르는 듯한 고통이 느껴지는 것이었다.

그렇다 보니 한동안 잠을 제대로 이루지 못할 때도 있었고 결국 병원에 찾아가 보기로 마음먹은 것이었다. 별거 아닌 것일 수도 있지만 괜히 병을 키우는 것일 수도 있다는 생각에서였다.

"아, 그러냐. 아쉽네. 있다가 저녁에 소주나 한잔 하려고 했는데. 다음 기회에 마시자 그럼."

"죄송해요."

"죄송할 게 뭐 있어. 건강 잘 챙겨, 임마. 건강이 재산이야. 무슨 말인지 알겠지?"

"네, 형."

건형은 오늘도 부지런히 일에 매달렸다. 그렇게 오전 일과를 마무리하고 점심을 먹기로 했다.

점심은 공사 현장 근처에 있는 한바집에서 해결하고 있었다.

그렇게 한바집에 도착해서 그릇에 대충 음식을 담아 테이블로 돌아왔을 때였다.

머리가 빙글빙글 도는 거 같았다. 그리고 구역질이 날 정도로 메스꺼운 게 느껴졌다.

얼굴에서 식은땀이 흐르고 급기야 머릿속이 실타래처럼 비비 꼬이는 것만 같았다.

결국 건형은 그대로 고꾸라지고 말았다. 이에 놀란 민수가 다급히 119에 전화를 걸었다.

"야, 임마! 정신 차려! 여보세요. 거기 119죠? 여기 사람이 쓰러졌어요. 빨리 와 주세요."

잠시 뒤, 응급차가 도착하고 민수가 차에 올라탔다.

구조대원이 민수를 쳐다보며 물었다.

"보호자 되세요?"

"아, 그건 아니고요. 아는 동생이에요."

"갑자기 쓰러지신 건가요?"

"네, 그러고 보니 며칠 전에 병원에서 뇌수술을 받았다고 한 거 같았어요. 뇌출혈이 있었고 뇌진탕도 왔었다고 했거든요. 아마 그거 때문에 그런 거 같아요."

"수술한 병원이 어딘지는 알고 계세요?"

"S대학 병원이라고 들었어요."

"알겠습니다. S대학 병원으로 가 줘. 환자분 성함이……."

"건형, 박건형이요!"

"박건형이라는 환자 수술한 적 있냐고 여쭤 보고 그 환자 쓰러졌다고 지금 바로 데려간다고 연락해 줘."

얼마 지나지 않아 응급차가 S대학 병원에 도착했다. 건형을 수술했던 대학교수부터 시작해서 사람들이 병원 앞에 나와 있었다.

혹시 수술했을 때 잘못된 것이라면 병원에도 피해가 갈 수 있기 때문에 모든 걸 꼼꼼히 알아보기 위해서였다.

그렇게 건형이 병원에 도착하고 여러 검사가 이루어졌다.

민수는 바깥에서 초조하게 기다리고 있었다.

잠시 뒤, 대학교수가 나왔다. 그의 얼굴은 심각하게 굳어져 있었다.

"무슨 일 있는 건가요?"

"환자분하고 아는 사이라고 하셨죠? 혹시 환자분 보호자하고 연락되십니까?"

"네? 무슨 문제라도 있나요?"

"지난번 환자분이 응급차로 실려 와서 보호자 동의 없이 긴급히 수술을 했었습니다. 뇌출혈 증상이 있었거든요. 원래 어느 정도 안정화가 되고 나서 퇴원을 하셔야 하는데 그러기도 전에 환자분이 퇴원을 하셨거든요. 그런데 여기에서 문제가 생긴 거 같습니다."

잠시 대학교수가 말끝을 흐렸다. 고민하던 그가 입을 열었다.

"일단 뇌의 활동이 매우 불안정합니다. 아무래도 뇌 쪽에 문제가 생긴 거 같은데, 아시겠지만 뇌 쪽은 연구가 아직 덜 되어 있어서 저희도 뭐가 문제인지 확실하게 파악하지 못한 상황입니다."

"그러면 방법이 없는 건가요?"

"알아보려면 머리를 다시 열어 봐야 합니다. 그리고 수술이 잘못된 건 아닌지 확인해야 하는데 그러려면 보호자분의 동의가 필요합니다."

"저도 건형이 보호자 연락처는 알지 못하고 있는데요. 휴대폰에서 확인해 보면……."

"잠금이 되어 있어서요. 후, 늦어졌다가 괜히 환자분 상태가 더 안 좋아지면 큰일 나는데……."

그렇게 의사 선생님이 초조해할 때였다. 수술실 안에서 간호사 한 명이 뛰쳐나와 말했다.

"선생님! 환자분이 의식을 차리셨어요."

"뭐라고?"

뇌 쪽에 문제가 생겼던 환자였다. 의식불명인 상태로 병원에 실려 왔는데 얼마 되지 않아 다시 의식을 차렸다고 한다.

"잠시 기다려 주십시오. 확인 좀 해 보고 오겠습니다."

그는 다급히 수술실 안으로 들어갔다. 놀랍게도 건형은 멀쩡히 깨어 있었다.

다만 머리가 아픈지 계속 관자놀이 부분을 누르고 있었다.

"환자분, 괜찮으세요?"

"아, 네…… 혹시 저 무슨 일 있었나요?"

"기억이 안 나세요? 일하던 곳에서 갑자기 기절하셔서 응급차가 여기까지 왔거든요."

"아, 그런가요? 설마 또 MRI찍은 건 아니겠죠?"

"간단히 CT촬영만 했습니다. 걱정하지 않으셔도 됩니

다. 아무래도 아직 안정이 필요할 거 같은데 병원에 입원하시는 게 어떻겠습니까?"

대학교수가 초조한 얼굴로 건형을 쳐다봤다. 만약 이대로 퇴원시켰다가 또 길바닥에서 쓰러진다면 꼼짝없이 병원 과실로 몰릴 수도 있었다.

그러나 건형은 고개를 설레설레 저었다.

"병원비 없어서 사양할게요. 뭐, 괜찮은데요? 오히려 쌩쌩해서 더 좋은 거 같은데……."

"MRI 한번 찍어보시지 않겠습니까? 그러다가 혹시 뒤늦게 문제가 발생한다면 책임질 수 없을지도 모릅니다. 확인해 보니 내일 검진 받으러 오기로 하셨다던데."

"그러려고 했는데 그 비싼 MRI를 찍는다고 생각하니까 조금 꺼려지네요."

"걱정 마세요. MRI 비용은 병원에서 부담하도록 하겠습니다."

"……정말요?"

건형이 눈을 초롱초롱 떴다.

공짜라는 말에는 어른 아이 할 거 없이 누구나 좋아하기 마련이다.

병원에서 검사비를 내준다는데 안 할 이유가 없었다.

결국 건형은 또다시 MRI를 받게 됐다.

원래 MRI는 예약이 꽉 차 있어서 바로 받는 게 어렵지만 응급 환자라는 이유로 금방 받게 됐다.

환자복을 입은 건형이 MRI 기계 안으로 들어가고 뇌검사가 시작됐다.

대학교수는 꼼꼼하게 뇌영상을 확인했다. 생각 외로 별다른 이상 징후는 보이지 않았다. 뇌출혈도 없었고 사고 당시만 해도 부풀었던 뇌는 원래 크기로 줄어든 상태였다.

"별문제 없는데요?"

"이 정도면 정상이나 다름없네요. 교수님."

"다행입니다, 교수님."

"조용히 해. 특이점은 없는 거 맞지?"

그때였다.

대학교수 밑에서 인턴으로 일하고 있는 의사가 휘둥그레 눈을 떴다.

MRI 영상에서 이상한 게 잡힌 것이었다. 그가 즐겨보던 미국 드라마에서나 볼 법한 장면이었다.

"교수님, 영상이 이상한데요? 환자분 뇌가 마치 미국 드라마에서 봤던 그런 뇌 같은데요? 이건……."

그랬다.

뇌의 전 영역이 붉었다.

모든 영역을 전부 다 가동시킨 것처럼 모든 영역이 새빨갛게 물들어 있었다.

그 말에 대학교수를 비롯한 사람들이 MRI 영상을 쳐다봤다.

인턴 말대로였다.

대학교수가 황당한 얼굴로 말했다.

"기계가 맛이 갔나? 이거 왜 이래?"

"그러게요. 문제가 있나 봅니다. 얼마 전 점검을 한번 받았는데……."

담당 기사가 머리를 긁적였다.

이런 경우는 태어나서 처음 보는 것이었다.

대학교수는 별거 아니라는 어투로 입을 열었다.

"걱정하지 마. 어차피 별거 아닐 거야. 일시적인 오작동이겠지. 설마 인간 뇌가 이렇게 될 수 있겠어? 이거면 진작 미쳤어야 하는 일이라고."

옛날에 아인슈타인이 뇌의 15%도 제대로 쓰지 못했다는 그런 이야기가 있었다.

그러나 그건 낭설로 밝혀졌다.

연구 결과 인간은 뇌의 모든 영역을 사용하고 있었다. 다만 동시에 사용하고 있지 않을 뿐이었다.

"기계가 잘못된 거야. 오작동한 거니까 이 데이터는 지우도록 해. 누가 보면 우리가 무슨 외계인을 검사하는 줄 알겠어. 안 그래?"

"아, 네, 교수님. 마침 정상으로 돌아왔네요."

다시 MRI 영상을 보자 화면은 정상으로 돌아와 있었다.

대학교수는 단순한 기계의 오작동으로 치부해 버렸다.

그러나 인턴이 보기엔 여전히 이상했다. 아무리 봐도 아까 전 새빨갛게 물들었던 그 화면이 무언가 느낌이 묘했다.

'만약 인간이 진짜 저렇게 뇌를 전부 다 쓸 수 있으면 어떻게 될까?'

생각만 해도 호기심이 일었다. 지금 당장 휴게실로 돌아가서 랩톱컴퓨터로 알아보고 싶었다.

어떤 일이 일어날지 말이다.

* * *

MRI 판정 결과 아무 이상 없다는 이야기를 들었다.

그날 바로 퇴원한 다음 집에 돌아온 건형은 전단지를 찾아보며 일자리를 찾고 있었다.

이전 공사장에서 문제가 생겼기 때문이다.

원래 건형은 퇴원하자마자 곧장 현장 소장에게 전화를 했었다. 그리고 이튿날부터 다시 나가겠다고 말을 꺼냈었다. 당장 학비가 부족한 상황에 하루 이틀 쉰다면 펑크가 날 수 있어서였다.

"현장 소장님, 저 건형입니다. 내일부터 다시 일 나가겠습니다!"

[어? 벌써 나온다고? 몸 괜찮은 거야?]

"물론이죠. 쌩쌩합니다. 저 없다고 현장 안 돌아가는 거 아닙니까?"

[그러지 말고 한 며칠 쉬어. 알았지?]

"그럼 이틀 뒤 가면 됩니까?"

뚜뚜—

전화가 끊겼다.

현장 소장한테 다시 전화를 걸었지만 통화가 걸리질 않았다. 하는 수 없이 건형은 민수에게 전화를 걸었다.

"민수 형, 전데요. 현장 소장님 계세요?"

[어? 계시는데? 무슨 일 있어?]

건형이 자초지종을 설명했다.

가만히 이야기를 듣던 민수가 멋쩍은 얼굴로 말했다.

[어휴, 우리 동생. 졸지에 백수 신세 됐네?]

"네? 형, 그게 무슨 말이에요? 백수라뇨!"

[이 바닥에서 며칠 쉬라는 건 그냥 평생 쉬라는 거야.]

"왜……."

[생각해 봐. 현장에서 쓰러졌는데 또 쓰러지면 어떻게 하려고. 그러다가 그게 현장 소장 책임이 되어 봐. 그날로 모가지 날아가는 거야.]

"아."

그럴 수 있다는 생각이 들었다.

현장 소장 입장에서야 자신은 시한폭탄이나 다름없는 상태였다.

[다른 일자리 알아봐. 정 못 구하면 내가 알아봐 줄게.]

"네, 형."

건형은 풀이 죽은 목소리로 전화를 끊었다.

학비는 아직 많이 모자란데 백수 신세까지 되었다니 열불이 났다.

왜 항상 잘하려고 하면 나한테 이러지?

하늘이 원망스러웠다.

그러나 물러설 생각은 없었다.

오뚝이처럼 다시 일어날 것이다.

전단지를 읽어보던 건형은 쓸 만한 공사장을 하나 찾았다. 집에서 멀지 않고 하루 일당도 꽤 세다. 그만큼 일이 힘들겠지만 빨리 돈을 모아야 했다.

휴대폰으로 전화를 걸었다. 신호가 가고 상대가 전화를 받았다.

[여보…….]

건형이 전화를 끊었다. 목소리가 낮이 익었다. 곰곰이 생각해 보니 예전에 그가 처음 일했던 공사장 그 여직원 목소리였다.

"뭐지? 번호는 다른데."

번호는 다른데 받는 사람은 같다고?

건형이 고개를 갸웃했다.

그리고 전단지를 다시 꼼꼼히 확인하려고 했다.

그런데 놀라운 일이 생겼다.

전단지를 보지 않고서도 전단지 어디에 무슨 내용이 있는지 기억할 수 있었다.

이 전단지 하나를 통째로 외운 것처럼 머릿속에 기억이 착착 남아 있었다.

"……!"

건형은 혹시 하는 생각에 책장에서 두툼한 단어장을 하나 꺼내 왔다. 앞장은 낙서가 되어 있지만 뒷장은 새하얗다. 건드린 흔적조차 없었다. 오래전 토익 공부하려고 사 뒀다가 그대로 방치해 둔 단어장이었다.

건형은 아무 페이지나 집고 펼쳤다.

영어 단어들이 빼곡히 차 있었다. 한 번 페이지를 훑어본 다음 책을 덮었다. 그리고 방금 전 본 내용을 그대로 종이에 옮겨 적었다.

삽시간에 종이가 까맣게 채워졌다.

"이제 확인해 보자."

분명 종이에 적은 건 영어 단어가 맞았다.

그리고 페이지를 넘겼다.

"말도 안 돼."

소름이 돋았다.

토씨 하나 틀리지 않고 내용이 전부 일치했다.

어떻게 된 건지 알 수 없지만 한 번 본 것을 전부 기억할 수 있었던 것이다.

통한다.

건형이 눈빛을 빛냈다.

곧장 바깥으로 나온 건형이 향한 곳은 도서관이었다.

어차피 오늘 하루는 시간적인 여유가 있었다.

한 번 본 걸 다 외울 수 있다면 도서관에 가서 그 안의 책을 통째로 읽어보자고 생각했다.

그게 머릿속에 계속 남는다면?

복학하고 나서 좋은 학점을 따내는 건 식은 죽 먹기나 다름없었다.

"해 보자!"

도서관 안은 개강할 날이 얼마 안 남아서 그런가 사람들로 북적이고 있었다. 대부분은 공무원 시험을 준비 중인 공시생들이었고 학부생은 몇 없었다.

건형은 계단을 따라 걸었다.

도서관은 2층과 3층, 이렇게 두 층에 나눠져 있었다.

건형은 일단 3층으로 올라왔다. 그런 다음 토익 관련 문제집들이 즐비한 책장 앞에 섰다. 취업하려면 가장 필수적인 건 토익 점수다. 대한민국에서 왜 영어를 그렇게 따지는지는 알 수 없지만 최소 950점은 넘겨야 한다고 했다.

이 능력이 언제까지 유지될지 알 수 없으니 일단 토익부터 파고들기로 마음먹었다.

책장에서 문제집 한 권을 꺼냈다. 한쪽 귀퉁이에 '수험

생들이 가장 많이 선택한 TOEIC 족집게 문제집'이라고 진하게 써져 있는 글씨가 눈에 들어왔다.

첫 장을 펼쳤다.

오랜만에 보는 상형문자가 그를 반겼다.

기초 문법부터 시작해서 그런지 어려운 건 없었다. 천천히 예전에 배웠던 영어를 다시 되살리는데 주력했다.

그렇게 문제집을 한 장, 두 장 넘겨가며 집중할 때였다.

건형이 깨닫지 못하는 사이에 서서히 뇌에 변화가 일어나기 시작했다.

그것은 환상적이었다.

첫 시작은 작은 세포였다.

세포 하나에서 시작한 분열이 뇌 곳곳으로 퍼져 나갔다.

마치 하얀 도화지에 빨강 잉크를 떨어트리면 순식간에 퍼져 나가듯 혹은 호숫가에 돌멩이를 떨어트리면 잔잔한 파문이 사방으로 퍼지듯.

그런 식으로 작은 세포 하나가 일으킨 변화가 모든 영역을 변화시키기 시작했다.

그리고 동시에 뇌의 구조가 변화했다.

평상시 뇌는 다양한 감각을 컨트롤하게 되어 있다.

시각, 촉각, 후각, 청각, 미각 그리고 공간 감각 등.

다양한 영역에 존재한다.

그와 함께 변화가 일어났다.

쓸데없이 사용되던 건 사라지고 하나의 영역에 모든 게 집중되기 시작했다.

그렇게 집중된 게 지적 영역에 투자됐다.

최소한의 감각은 유지한 채 지적 영역에서 모든 뇌세포가 활동하자 놀라운 일이 발생했다. 순식간에 시각을 통해 읽어 들이는 모든 내용들을 실시간으로 저장하기 시작한 것이다.

주변의 잡음, 기침 소리, 코푸는 소리 등은 깡그리 무시한 채 단 하나, 지식을 축적하는 이 일에만 집중하게 됐다.

그리고 얼마 지나지 않아 건형은 토익 관련 문제집들이 즐비하던 책장을 완전히 뇌 속으로 집어삼킬 수 있었다.

건형은 자신이 서 있는 장소를 확인했다. 분명히 토익 문제집을 읽고 있었는데 지금 그는 역사책을 읽고 있었다.

이미 토익은 통달한 상태.

지금 당장 토익을 보게 된다면 무조건 만점을 받을 수 있을 거 같았다.

솔직히 말하면 무서웠다.

뇌에 무슨 터보를 단 것처럼 모든 정보를 쏙쏙 빨아들이고 있었다.

하지만 한편으로는 흥분됐다.

더 많은 것들을 보고 배우고 싶었다. 배가 고팠다. 이것들을 다 자신의 것으로 흡수하고 싶었다.

도서관을 둘러봤다. 곳곳의 책장에는 수많은 책들이 쌓여 있었다. 인문, 철학, 의학, 수학, 과학, 종교 등 모든 분야가 망라되어 있었다.

이곳 도서관에 비치되어 있는 장서의 수는 대략 이십만 권. 국내 대학 도서관 중에서는 세 번째로 가장 많은 장서가 보관되어 있었다.

건형은 닥치는 대로 눈에 보이는 책들을 읽기 시작했다.

토익을 정복하고 역사를 정복한 뒤 이 도서관을 차근차근 집어삼키기 시작했다.

일단 눈으로 한번 훑으면 그대로 그 책의 내용이 머릿속에 기록되었다. 그리고 그 내용은 언제든 다시 꺼내서 볼 수 있을 정도로 완벽하게 기록된 상태였다.

그렇게 400페이지 정도 되는 책을 한 번에 읽어 내렸다.

그런 다음 두 번째 책을 뽑아 들었다. 이번에도 건형이 취한 방법은 비슷했다.

그런 식으로 건형은 천천히 책장 하나를 장악해 나아갔다. 첫 번째 책장을 통째로 읽은 다음 건형은 곧장 두 번째 책장으로 향했다.

이미 그는 책이 주는 지식적인 즐거움에 흠뻑 빠져 있었다.

그냥 미친 듯 책을 읽고 또 읽을 뿐이었다.

그렇게 한참의 시간이 흘렀다.

그동안 건형은 계속해서 도서관 안에 있는 책들을 찾아 읽었다. 책이 주는 무한한 지식의 즐거움에 푹 빠진 채 정신없이 탐독하고 지식을 쌓아 나갔다.

그렇게 하릴없이 책만 읽다 보니 어느덧 시간이 금방 지나갔다.

도서관 폐관 시간까지 얼마 안 남은 상황.

슬슬 문 닫을 준비를 해야 하는데 키 크고 건장한 사내가 그것도 모른 채 정신없이 책을 읽고 있었다.

결국 보다 못한 도서관 사서가 건형에게 다가갔다.

"저기요. 죄송한데 폐관시간 다 되었거든요. 슬슬 나가 주셔야 하는데."

그러나 건형은 아무 말없이 계속 책만 읽고 있었다.

결국 참다못한 도서관 사서가 어깨를 톡톡 건드렸다.

"저기요?"

그제야 건형이 정신을 차렸다. 건형은 일그러진 얼굴로 어깨를 두드리던 사서를 바라봤다. 무아지경에 빠진 채 집중하고 있다가 그게 졸지에 방해받은 꼴이라 기분이 영 탐탁지 않았다.

그렇다 보니 자연스럽게 그녀를 노려볼 수밖에 없었다.

사서로서도 당황스러울 수밖에 없었다.

자신은 그냥 맡은 일을 하려고 다가온 건데 상대가 노려보고 있으니 말이다.

"무슨 문제 있나요?"

"그, 그게 곧 도서관 문 닫아야 하는데 아직 남아 계셔서요. 나가 주셔야 하거든요."

건형은 그 말에 손목시계를 확인했다. 벌써 여섯 시가 다 되어 가고 있었다. 오후 여섯 시면 도서관 폐관 시간이다. 책 읽는데 열중한 덕분에 이 정도로 시간이 흐른 지 모르고 있었다.

"죄송합니다. 제가 시간이 다 된 줄 몰랐네요."

건형은 아쉬운 마음을 남긴 채 도서관을 나왔다.

그래도 여전히 못내 아쉬웠다.

더 많은 지식을 채우고 싶은 욕구가 계속해서 일고 있었기 때문이었다.

*   *   *

3일이 지났다. 그동안 건형은 그 누구도 만나지 않고 하루 종일 책 읽는데 열중했다.

책을 읽으면서 건형은 도서관을 차례차례 정복하기 시작했다. 그러면서 도서관 사서들의 관심을 덩달아 사게 됐다.

웬 이십 대 초반의 키가 크고 체격이 건장한 젊은 남자가 하루 종일 도서관에 틀어박혀서 책만 읽고 있는데, 무슨 책을 몇 분도 되지 않아 다 읽었다는 듯 다음 권으로 넘어가고 있었으니 말이다.

그러나 그들의 관심을 뒤로 한 채 건형은 계속해서 책을 읽는데 열중할 뿐이었다. 그리고 사흘째 되는 날 건형은 사백여 권가량을 읽을 수가 있었다.

폐관 전까지 책을 읽다 집으로 돌아온 건형은 앞으로 어떻게 해야 할지 고민해 봤다.

원랜 오늘까지 도서관에 나가고 내일부턴 슬슬 아르바이

트 자리를 구할 생각이었다. 공사장 노가다를 계속할까도 생각해봤지만 다른 방법으로도 얼마든지 돈을 벌 수 있을 듯했다.

그래서 건형이 생각해 낸 건 퀴즈쇼에 참가하는 것이었다.

최근 대한민국에는 퀴즈 열풍이 불고 있어서 공중파 방송국 3사에서도 고액의 상금을 건 퀴즈쇼를 진행하고 있었다.

그중에서 가장 인기가 많은 방송을 꼽아본다면 '대한민국, 퀴즈에 빠지다!'였다. 국민 MC라고 불리는 장범수가 진행하는 TV퀴즈쇼로 상금 액수도 제법 컸다. 우승만 하면 1억원을 받을 수 있으니 건형으로서는 최고의 기회나 다름없었다.

그래서 며칠 전 전화로 예선을 치렀고 가볍게 통과한 상태였다.

퀴즈쇼에 나가면 우승할 자신은 있었다. 그동안 읽은 책이 사백여 권이었다. 그뿐만 아니라 인터넷으로도 다량의 정보를 습득했다. 어릴 때 읽었던 책들도 하나도 빠짐없이 꼼꼼히 기억에 남아 있었다.

이 모든 건 뇌의 지적 영역이 계속 활발해지면서 암기력과 이해력이 비정상적으로 높아진 탓이었다.

때문에 퀴즈쇼에서 아주 어려운 문제가 나오지 않는 이상 크게 어려울 건 없을 터였다.

건형은 생각을 정리했다. 내일 오프라인 예선을 통과하고 본선에 나가서 상금을 획득한다. 그리고 그 상금으로 학비를 충당한다.

현재까지 해야 할 일은 대략 이 정도였다.

앞으로 무엇을 해야 할지 고민을 마친 건형은 옆에 놓인 거울을 바라봤다. 오늘따라 자신의 모습이 무척 낯설게 느껴졌다.

지금도 머리는 맹렬하게 회전하고 있었다.

얼마 전 자신과 비슷한 사례가 있는지 인터넷에서 한 번 검색을 해 봤었다. 그리고 자신과 비슷한 일을 겪은 사람에 관한 기사를 하나 찾아볼 수 있었다.

어떤 사람이 강도를 당하면서 머리를 둔기로 얻어맞았는데 그 뒤 수학에 관한 남다른 재능이 생겼다는 그런 이야기였다.

혹시 자신도 그렇게 된 것일까?

퍽치기를 당하면서 뇌에 무언가 이상이 생겼고 그 이상으로 이렇게 어마어마한 암기력을 얻게 된 것일까.

문제는 단순한 암기력만이 아닌 거 같았지만.

그것은 차차 알아볼 문제였다.

그리고 문제는 또 있었다.

'가장 중요한 건 이게 언제까지 유지되냐는 거지.'

답은 미지수였다.

자신의 능력의 유효기간은 언제까지인지 그 능력의 한계는 어디까지인지 그것을 알아볼 필요성이 있었다.

그래서 퀴즈쇼에 출연하는 걸 미룰 수 없는 것이기도 했다.

만약 퀴즈쇼에 참여하기 전에 이 능력이 사라지게 된다면 당장 돈을 벌 수 있는 방법이 막막해져 버리니 말이다.

고민만 하다 보니 그 영향 탓인지 배가 고팠다. 생각해 보니 오전 중에 학교 도서관을 간 이후 지금까지 밥 한 끼 먹은 적이 없었다.

점심, 저녁을 모두 굶은 셈이었다.

집 안을 둘러봤다. 마땅히 먹을 만한 게 없었다.

'아무래도 나가서 사 먹어야겠네.'

그러다가 생각이 난 사람이 있었다.

민수였다.

그날 현장 일도 때려치우고 계속 병원에서 기다려줬다고

하던데 그가 없었으면 정말 큰일이 날 뻔했었다. 괜히 어머니한테까지 이야기가 들어가고 그러면 어머니는 당장 여기까지 올라왔을 게 분명하니까.

결정을 끝낸 건형이 민수에게 전화를 걸었다.

얼마 지나지 않아 민수가 전화를 받았다.

"민수 형, 저예요."

[어, 그래. 몸은 괜찮아? 그날 너 MRI 검사 끝내는 거까지 보고 오려고 했는데 나도 생업이 중요하다 보니까 말이야. 그래서 끝까지 옆에 못 있어 줬다. 그리고 너 보호자 불러 달라고 하는데 네가 지난번에 너 어머니 몸 편찮으시다고 말한 거 때문에 고민하다가 그냥 내가 보호자인 척했어. 별일 있는 거 아니지?]

"아, 아니에요. 오히려 정말 감사하죠. 형 아니었으면 우리 엄마 또 여기까지 올라오느라 생고생하셨을 게 뻔한데요. 그건 그렇고 저녁은 드셨어요?"

[슬슬 먹으려고 준비 중이었지. 너는 먹었어? 그러고 보니 몸 괜찮아? 괜찮으면 술이나 한잔 하자.]

"밥 먹자는데 술 마시자는 이야기가 나올 줄은 몰랐네요. 고깃집에서 밥에 소주나 한 병 깔까요?"

[그래, 나야 좋지. 너네 집이 어디지?]

"종로 쪽에 있어요. 형님은요?"

[나? 마포 쪽인데. 음, 내가 그쪽으로 갈게. 거기 근처에 맛집 많다며. 네가 아는 맛집 소개 좀 시켜 주라. 종로3가 쪽으로 가면 될까?]

"네, 종로3가 역 앞에서 봐요. 한 삼십 분 뒤쯤? 그 정도면 오실 수 있죠?"

[엉, 충분해. 곧 나간다. 도착하면 연락 줄게.]

전화를 끊고 난 다음 건형도 대충 옷을 챙겨 입었다. 근처에 딱히 맛집이라고 아는 곳은 없었지만 종종 다니던 고깃집에 가면 될 듯했다.

종로3가 앞.

그를 기다리면서 건형은 틈틈이 생각을 정리하고 또 앞으로의 일에 대해 구상하곤 했다.

우선 그가 고민한 첫 번째 명제는 어떻게 돈을 벌 것인가, 하는 것이었다.

현대 사회는 물질만능주의에 자본주의사회였다.

돈이 있으면 없는 힘도 생기는 사회.

많은 돈이 필요했다. 그리고 그 돈을 가지고 주변 상황부터 시작해서 모든 걸 바꿔 버릴 마음을 품고 있었다.

어머니 건강도 챙겨야 하고 집도 옮기고 집 나간 여동생 행방도 수소문해야 하고.

할 것은 되게 많았다.

그렇게 돈을 왕창 벌어들이고 하고 싶은 걸 한 다음에는?

건형이 고민하고 있는 건 이 문제였다.

돈을 많이 번다고 행복해지는 건 아닐 터였다.

사람들은 저마다 꿈꾸는 행복 같은 게 있었다.

누구는 자선사업으로, 누구는 종교 활동으로 그런 걸 메우곤 한다.

그러나 건형은 딱히 자선사업 같은 것을 할 생각은 없었다.

남들 눈에 잘 보이고 싶은 마음은 없었으니까.

그가 원하는 건 자신만 행복하면 그만이었다.

솔직히 남들 생각할 겨를 따위는 없었다.

그것 때문에 계속해서 고민을 일삼고 있는 것이었다.

가난하고 아무것도 없는 사람이 어느 순간 거액의 돈이 생겼다고 해 보자.

과연 그 사람은 그 돈을 자유자재로 쓸 수 있을까?

아니다. 처음에는 허둥지둥 대고 오히려 그 많은 돈을 아까워하게 될 것이다.

어느 정도 적응이 되어야 사고 싶은 걸 사고 하고 싶은 걸 하겠지.

그러나 그것도 한계가 있기 마련이다. 부자로 살아 보지 않은 사람이 덜컥 부자가 되었다고 부자처럼 생활한다는 건 힘든 일이기 때문이다.

"골치 아프네. 앞으로 어떻게 살아가야 하려나. 너무 잘나가도 문제라는 말이 괜히 있는 게 아니네. 쿠쿡."

건형이 코웃음을 치고 있을 때 누군가 그의 어깨를 툭툭 쳤다.

"야, 무슨 좋은 일이 있다고 그렇게 웃나?"

"아, 형 왔어요?"

어깨를 건든 사람은 민수였다.

민수가 고개를 끄덕이며 말했다.

"뭐 좋은 일 있어? 좋은 일 있으면 나한테도 알려주든가."

"아, 별 건 아니고요. 그냥 돈 벌 방법이 생각나서요. 아직은 막연하지만요."

"그래? 어려운 거 아니면 나한테도 좀 공유해 줘. 나도 돈 많았으면 좋겠다."

"형은 돈 많으면 뭐하고 싶어요?"

"글쎄. 일단 못 가 본 여행도 실컷 가 보고 나만의 사업을 하지 않을까 싶어."

"사업요? 공무원 시험 준비 중이라면서 웬 사업요?"

"에이, 공무원 월급으로 누구 코에 붙인다고. 공무원도 호봉이 올라가야 월급 올라가잖아. 그 전에는 얼마 되지도 않아. 공무원하면서 겸사겸사 다른 일도 해야지. 명의야 내 명의로 하지 않겠지만. 공무원이 다른 일도 같이 하는 건 법으로 금지되어 있거든. 뭐, 들어 보니까 다들 쉬쉬하면서 아내 명의나 친척 명의로 한다고 하긴 하더라."

"그렇겠죠. 요새 먹고살기 힘들잖아요. 그러면 형은 무슨 사업을 하고 싶은데요?"

두 사람은 고깃집으로 걸어가며 계속 이야기를 나눴다.

민수가 웃으며 말했다.

"내 가족 이야기한 적 없지? 음, 나는 부모님이 없어. 어릴 때부터 고아로 살았거든. 그래서 고아들을 돌보고 싶어. 특히 내가 있던 고아원, 거기가 정말 어렵거든. 예전에는 몇몇 사람들이 후원해 주면서 어떻게든 꾸려 나가긴 했는데 요새는 그것도 어렵다고 하더라고. 그곳을 돕고 싶어."

"멋지네요. 민수 형이 그런 생각을 하고 있는지는 몰랐어요. 그러면 그렇게 고아들만 후원하는 걸로 끝내게요?"

"흠, 이건 그냥 장래 희망 사항 같은 거야. 어떤 사업하고 싶냐고 물었지? 나는 의약품 관련 사업을 해 보고 싶어."

"의약품이요? 어떤 약을 만들어 보고 싶으신데요?"

"가난한 사람들 병을 쉽게 고쳐 줄 수 있는 그런 만능약. 꿈같은 이야기이지만 만약 그런 약이 존재한다면 정말 삶에 유용하게 쓰일 수 있지 않을까? 특히 제3세계 국가 이런 데에서 말이야."

건형은 민수를 바라봤다. 그의 눈빛은 맑았다. 그리고 그의 얼굴은 붉게 상기되어 있었다. 생각만 해도 정말 즐거워하는 게 눈에 보였다.

고깃집에 도착할 때까지 건형은 곰곰이 생각을 정리했다.

민수는 고아로 살아온 탓에 그들에게 많은 시간을 할애하고자 하고 있었다.

그러면 자신이 할 수 있는 일은?

여전히 정답이 서질 않았다.

'그냥 한 발자국씩 천천히 내디뎌 보자. 그리고 어떻게 된 일인지 그것도 알아내야겠지. 이게 평생 갈지 아니면 언

제 사라질지 아무도 모르는 일이니까. 괜히 섣부르게 일을 벌였다가 이 능력이 사라지면 답도 없을 테니까.'

고깃집에 도착한 두 사람은 돼지고기에 소주를 시켰다.

지글지글—

돼지고기가 익어 가는 동안 두 사람은 소주부터 한 잔씩 돌렸다.

"건배!"

즐거운 분위기에서 술이 돌았다.

그렇게 술이 몇 잔 돌고 난 뒤 민수가 물었다.

"아까 여기 오면서 왜 그런 걸 물어본 거냐?"

"아, 그냥 궁금해서요. 다른 사람은 어떻게 생각하면서 사나 그게 궁금했거든요."

"너는 어떻게 살 생각이었는데?"

"그냥 대학교 졸업하고 바로 취업할 생각이었죠. 그리고 평범하게 직장 생활하다가 결혼하고 자식 낳고 살다가 죽는 뭐 그런 삶요."

"진짜? 생각보다 너 되게 현실적이다. 나는 네가 그렇게 현실적인 줄 몰랐다."

"하하, 그래요? 복잡하게 생각하고 싶지 않아서요. 지금은 약간 바뀌긴 했지만요."

"그래? 일단 술이나 계속 마시자."

어느 정도 술이 돌자 슬슬 취기가 올라오기 시작했다.

그러자 민수가 슬슬 속내를 터놓았다.

"공사장에서 네 일하는 모습 보니까 괜찮더라. 예전에 몇몇 녀석들도 너처럼 학비 벌겠다고 일하러 왔는데 하나같이 며칠 못 가서 다들 관뒀거든. 몸 아프고 삭신이 쑤시니까 일하기 싫다는 거였지."

"그랬어요?"

"그런데 너는 생각보다 씩씩하더라고. 그렇다고 농땡이를 피운 것도 아니었고. 그래서 더욱더 호감이 가게 된 거였고. 만약 그 녀석들이었다면 병원에 실려 간다고 해도 옆자리에 타는 일 따위 없었을 거야."

"고마워요, 형. 진짜 형이 저녁 늦게까지 남아 줬다길래 얼마나 고마웠는지 몰라요."

"그보다 아까 한 말 있잖아. 돈 벌 방법이 생각났다는 거. 그거 혹시 주식이냐?"

"아무래도 가장 편한 건 주식이니까요."

"임마, 주식이 편하긴 뭘 편해. 얼마나 어려운 게 주식인데. 내 아는 형이 노가다 해서 번 돈으로 주식했다가 반 년

만에 다 말아먹었어. 그래서 형수하고도 이혼한다 어쩐다 난리를 치다가 지금 어찌어찌 화해는 했다고 들었는데. 너는 그러지 마라. 내가 아끼는 동생이니까 이렇게 말리는 거야. 알았어?"

"생각 좀 해 볼게요. 그런데 만약 제가 주식으로 떼돈 벌게 되면 형도 저한테 맡길 거 아니에요?"

"말이 되는 소리를 해야지. 너 주식할 줄은 알아?"

건형이 피식 미소를 지었다.

아까 전 Y대 도서관에 있으면서 수십여 권의 주식 관련 책을 읽었다. 이미 머릿속에서는 한시라도 빨리 이 능력을 쓰고 싶다고 난리를 피워 대고 있었다.

"아뇨. 처음이에요."

"처음 한다는 놈이 무슨 떼돈 벌 생각을 벌써부터 해. 그러는 거 아니다. 주식으로 몇 십 억 벌었어요, 이런 거 다 개사기꾼들 소리야."

"그렇다고 평생 소처럼 일해 봤자 집 한 채 사기 힘든 것도 사실이잖아요. 안 그래요?"

민수가 한숨을 길게 내쉬었다. 사실 건형의 말이 틀린 것도 아니었다.

"그건 그렇지. 에휴, 여하튼 너는 졸업하면 뭐하려고?

네 말대로 주식해서 돈도 왕창 벌었다고 하자. 뭐할 건지 생각은 해 뒀어?"

"아직요. 그게 고민이네요."

건형이 소주잔을 입에 털어놓으며 말했다. 그러자 민수가 그런 건형의 이마를 손가락으로 툭 치며 이야기했다.

"임마, 배부른 소리 하지 마. 일단 돈부터 벌고 나서 고민해. 그래도 늦지 않으니까. 첫술에 배부를 수 없다는 말 몰라? 하나하나 천천히 쌓아가면서 완성하는 거야. 너라는 사람도 이것저것 가리지 않고 해 보면서 완성시키는 거고. 처음부터 다 가지고 태어나는 사람이 어딨냐? 그 누구야? 세계적인 부자 만수르라고 해서 다 가지고 태어나는 건 아니란 말이지. 알겠어?"

건형이 고개를 끄덕였다. 그의 말에는 전혀 틀린 게 없었다.

그 말이 옳았다.

일단 모든 건 돈을 벌고 나서 생각해 볼 문제였다.

막말로 주식에 대해서 빠삭하게 알게 됐다고 하지만 실전에서도 이 능력이 통할지는 의문이었으니까.

무엇보다 아직도 그의 뇌는 더 많은 지식을 갈망하고 있었다. 그렇다 보니 오죽했으면 이 뇌를 인터넷에 연결시켜

버리고 싶다고 생각했을까?

그냥 인터넷에 연결시켜 둔 다음 다운로드 받으면 알아서 정보가 들어올 테니까.

물론 그건 영화에서나 가능할 법한 이야기고 조만간 시간을 더 내서 웹서핑을 하면서 더 많은, 자신이 모르는 다양한 정보들을 습득할 생각이었다.

술자리를 마무리하고 건형은 집으로 돌아왔다. 민수가 했던 말이 계속 귓가를 맴돌고 있었다.

하나하나 천천히 쌓아올리라고.

그러면 그 모든 게 너라는 사람을 완성시킬 것이라고.

그랬다.

이 세상에 완벽한 사람이 어디 있을까?

완벽하다면 그건 더 이상 사람이 아니라 무슨 신 같은 존재일 터였다.

사람은 완벽하지 않으니까 다른 사람들과 어울려 살게 되는 것이다.

'그래, 한 발자국. 한 발자국 천천히 걸어가 보자. 그렇다면 내가 진정으로 해야 할 일이 무엇인지 알게 되겠지. 그리고 왜 이런 능력이 내게 생긴 것인지도 알 수 있게 될

테지.'

시간은 아직 많았다.

중요한 건 이 시간을 얼마나 효율적으로 쓰느냐 하는 점
이었다.

Chapter. 03

그로부터 닷새 정도 건형은 기존에 일하던 곳이 아닌 다른 공사장 현장에 계속 나갔다. 큰 키에 탄탄한 체격, 젊은 나이 덕분에 그를 원하는 공사장은 많았다. 일자리는 쉽게 찾을 수 있었다.

　　공사장에 다니는 닷새 동안 능력은 계속해서 유지가 됐다.

　　새벽부터 오후 늦게까지 공사장에서 일하고 저녁에는 집에 돌아와 웹서핑을 하며 각종 정보들을 검색하는 건 이제 습관이 됐다.

그러면서 항상 규칙적인 습관을 유지하고자 했다. 그럴수록 훨씬 더 집중력이 오래 유지된다는 걸 알았기 때문이다.

인간의 뇌는 신체적인 건강과도 관련이 있었다. 신체적으로 더 건강할수록 인간의 뇌 또한 더욱더 건강하고 활발하게 움직였다.

그러면서 자연스럽게 불규칙하던 식습관도 교정이 됐다.

어차피 시간적인 여유는 충분하다 보니 일단 몸을 먼저 가꾸기로 마음먹은 것이었다.

옛말에 수신제가치국평천하라는 말도 있지 않은가.

성현의 말은 하나 그릇된 게 없다더니 이런 경우를 놓고 이야기하는 말 같았다.

닷새 정도 노가다를 하면서 근면 성실함을 인정받았고 현장 소장을 비롯해서 공사장 인부들과도 두루두루 친하게 됐다.

인맥이라는 건 별 게 아니었다.

이렇게 같이 몸을 부대끼고 일하다 보면 자연스럽게 얻을 수 있는 것이었다.

그렇게 노가다를 더 하면서 개강을 얼마 앞두기 전까지 번 돈이 대략 백여만 원 정도였다.

아직 등록금을 납부하기엔 조금 모자라는 금액.

그러나 건형은 과감히 일을 관뒀다.

오늘 해야 할 일이 있었다.

바로 퀴즈쇼에 참가하는 것이었다.

얼마 지나지 않아 건형이 도착한 곳은 방송국이었다.

그는 돈을 벌고자 여러 가지 경우의 수를 따져봤었다. 그리고 자신의 능력으로 가장 쉽고 빠르게 돈을 벌 수 있는 방법을 두 가지 찾아냈다.

그중 하나는 도박이었다.

도박은 수학의 확률로 이루어지는 경우가 많았다. 그리고 그 확률을 따질 수 있게 된다면 도박에서의 승률도 기하급수적으로 올라가게 된다.

그렇다 보니 미국에서는 유명 수학자들의 도박장 출입이 금지된다고 하지 않던가.

그러나 국내에서 한국인에게 허용되는 도박장은 강원도 정선에 있는 카지노밖에 없었다. 그리고 자본금도 부족했다.

그렇기 때문에 건형은 또 하나의 방법을 이용해 보기로 했다.

그건 바로 퀴즈쇼 방송이었다.

퀴즈쇼 방송은 장점도 있고 단점도 있다.

일단 장점으로 본다면 그 액수가 제법 된다는 점이다. 현재 가장 유명세가 있고 또 스폰서도 많이 붙은 퀴즈쇼 같은 경우 그 상금이 1억 원가량 됐다.

문제는 단점이었다.

일단 얼굴이 팔릴 가능성이 있다는 것, 향후 대학교 생활을 지속하는데 있어서 불리한 점으로 작용할 가능성이 높았다.

그리고 상금이 곧장 지급되지 않는다는 것.

이것저것 잡다한 게 세금으로 깎여 나간다는 것.

그 정도가 문젯거리라고 할 수 있었다.

그래도 불법 아닌 걸로 돈 벌기엔 이게 최고의 방법이었다.

전화 통화로 안내받았던 내용대로 대기실에 도착했다.

사람들이 바글거리고 있었다.

작가 한 명이 나와 말했다.

"안녕하세요. 여러분. 오늘 여러분은 '대한민국, 퀴즈에 빠지다!'에 출연하게 될 예정입니다. 그러나 여기 계신 분들 모두 다 출연하는 건 아니고요. 예선전을 통해서 상위 다섯 분만 뽑도록 하겠습니다. 예선전은 저희 작가들이 한 그룹씩 나눠서 테스트를 볼 거고요. 그 예선전을 통과해야 방송 무대에 나설 수 있으니까 양해 부탁드리겠습니다."

"그러면 여섯 명이 대결하는 겁니까?"

"네, 왕중왕전이라고 해서 역대 최고의 도전자를 뽑는 걸로 기획을 했습니다. 대한민국, 퀴즈에 빠지다! 초대 우승자이자 3관왕에 빛나는 김명준 씨하고 대결을 펼치게 되실 거예요."

김명준.

건형도 들어본 이름이다.

대한민국이 퀴즈 열풍에 한창 빠져 있을 때 나타났던 기라성 같은 사내다.

키도 크고 학벌도 좋고 외모도 훈훈해서 뭇 여성들의 선망을 한 몸에 사기도 했다.

연예인으로 데뷔하느니 신인 배우로 영화를 찍는다느니 말이 많았는데 오랜만에 얼굴을 다시 보게 된 것이었다.

"좋네요. 그 기생오라비 같은 자식, 언제 한번 망신 주고 싶었는데 잘 됐어."

덩치 큰 사내가 호탕하게 웃으며 혼잣말로 중얼거렸다.

잠시 눈살을 찌푸렸던 작가가 말했다.

"그럼 예선전을 같이 치르게 될 분들을 호명해 드릴게요. 참가하려는 사람들이 많다 보니 열 명을 한 조로 묶었고요. 각 조마다 한 분씩 총 다섯 명이 출연하게 될 거예요. 그럼 시간 없으니 바로 테스트 시작하도록 하겠습니다."

그리고 작가는 곧장 이름을 부르기 시작했다.

건형은 마지막 조에 끼게 되었다. 같이 테스트를 치르게 될 사람들 면면을 쳐다봤다.

대학생, 주부, 나이가 지긋한 어르신까지 그 면면이 다양했다.

자그마한 방 안에 들어간 열 명은 작가가 불러 주는 문제를 스피드 퀴즈로 풀기 시작했다. 누가 더 빠르게 문제를 맞히느냐가 중요 과제였다.

열 문제를 제일 먼저 맞히는 사람이 본선에 진출하는 것으로 결정이 되어 있었다.

그렇게 다섯 조는 각각 테스트를 진행하기 시작했다. 작가들은 대략 한 시간 정도는 걸릴 것으로 예상하고 있었다.

이들도 모두 전화 통화하고 인터넷에서 사전조사를 한 끝에 고르고 골라 뽑은 막강한 지원자들이었다.

개중에는 이전에 출연해서 우승을 거머쥔 도전자들도 있었다.

문제는 그 우승을 거머쥔 사람들이 모두 마지막 조에 몰려 있다는 것이었지만.

막내 작가이자 올해 스물다섯 꽃다운 처녀인 유정은 기획이 급히 변경됐다는 말에 부랴부랴 이곳까지 불려오게 됐다.

원래 오늘 기본 컨셉은 평소 하던 대로 하려던 것이었다.

도전자들 서너 명을 불러서 퀴즈쇼를 풀게 하고 그중에서 우승자를 가려내는 것.

그러나 특집이 잡히는 바람에 졸지에 컨셉을 바꾸게 됐다.

그러면서 초대 우승자이자 준연예인이나 다름없는 김명준을 섭외하게 됐고 참가자들도 가려 뽑아야 하는 신세가 됐다.

그렇다 보니 이 좁은 방에 들어와서 열 명을 마주 보며 문제를 내게 된 것이었다.

건형은 탁자 아래로 주먹을 쥐었다 폈다 하며 긴장을 풀었다. 처음 나오게 된 퀴즈쇼였다. 게다가 언제 능력이 사라질지도 알 수 없는 상태, 불안하기 이를 데 없었다.

그러나 막내 작가는 긴장을 풀 틈도 없이 바로 문제를 내기 시작했다.

"그러면 바로 시작할게요. 모든 문제는 주관식이고요. 한 번의 기회만 주어집니다. 첫 번째 문제는 역사 문제입니다. 프랑스 혁명은 1789년 7월 14일날 일어났는데요. 프랑스 혁명의 역사적 배경에 있어서 1787년 2월 명사회를 소집하고……."

너무 쉬운 문제였다.

건형이 재빠르게 손을 들어 올렸다.

"저요."

문제가 채 끝나기도 전이었다.

긴가민가하던 유정이 눈살을 살짝 찌푸리며 말했다.

"아직 문제 마저 안 불렀는데요. 괜찮으시겠어요?"

"예, 괜찮습니다."

"그럼 정답 말해 주세요."

"칼론입니다."

유정이 답안지를 봤다.

정답은 프랑스의 재정총감 칼론이었다. 명사회를 소집하고, 특권 신분에게도 과세하는 임시 지조를 제안한 사람이었다.

"아, 예…… 정답이네요. 그럼 곧장 다음 문제 이어갈게요."

그 뒤, 유정은 계속해서 문제를 냈다. 그리고 그 문제가 채 끝나기도 전에 건형이 계속해서 정답을 맞혔다.

순식간에 열 문제가 끝났다.

유정은 어안이 벙벙한 얼굴로 건형을 쳐다봤다.

자신이 맡은 팀이 역대 우승자들이 모여 있는 팀이라고 해서 가장 까다로울 줄 알았는데 이렇게 쉽게 끝날 줄은 몰랐다.

문제를 다 푸는데 걸린 시간은 십 분 남짓.

그냥 일 분마다 한 문제를 푼 것이었다.

유정이 사무실에서 나오자 담당 작가가 황당한 얼굴로 물었다.

"왜 벌써 나와?"

"그게요. 열 문제를 다 맞혀 버린 사람이 나와 버려서요."

"뭐? 벌써? 지금 몇 분이나 지났다고? 이제 고작 십 분 지났잖아?"

"그러니까요. 문제를 다 듣기도 전에 정답을 맞혀 버려서."

"누구야? 전대 우승자 중 한 명 아니야? 4대 우승자인 김문성 씨하고 7대 우승자인 박혜선 씨, 두 명이 같은 팀이었던 거 같은데. 그렇지? 둘 중 한 명이지?"

"아니요. 전혀 아니에요. 박건형이라는 사람인데요. 뭐 하는 사람인지 모르겠어요. 이러다가 방송 분량도 안 나오는 거 아닐까요? 백과사전이 따로 없었다니까요?"

"에이, 네가 쉬운 문제를 골라 낸 거겠지. 알았어. 곧 방송 들어갈 테니까 다시 한 번 대본 틀린 거 없나 알아두고. 그리고 도전자들 프로필 따야 하는 거 알고 있지? 그 박건형이라는 사람 프로필도 따두고."

"예, 알겠습니다."

쉴 틈이 없었다.

아까 전 그녀가 들어갔던 사무실에서 사람들이 속속 나오고 있었다. 한 명만 빼 놓고선 대부분 허탈해하고 있었다.

참가 신청을 하고 여기까지 올라온 건데 웬 희한한 젊은이가 문제 열 개를 내리 다 맞혀 버렸기 때문이다.

최소 한 문제라도 맞히려고 했는데 그럴 기회마저 없었다.

그때, 안에서 고함 소리가 들렸다.

유정이 안으로 들어갔다.

4대 우승자인 김문성이 건형을 노려보며 고래고래 소리

를 지르고 있었다.

"야! 너 뭐야? 대기업 자식이라도 돼? 재벌2세인 거야? 아까 그 작가하고 짜고 친 거 맞지?"

"……."

"임마, 말 안 해! 어디서 짜고 치는 고스톱질이야?"

"저기 마침 작가님 오시네요. 작가님한테 물어보시죠."

"어, 마침 잘 왔네. 저기요, 지금 두 사람이서 짜고 친 겁니까? 혹시 당신 이 남자 이거라도 됩니까?"

새끼손가락을 들어 보이는 김문성의 모습에 유정이 빽 소리를 질렀다.

"말이 과하신 거 아니에요! 절대 그런 사이 아니거든요. 그냥 저는 출제할 문제를 가져온 거고 저 사람이 잘 맞춘 거 뿐이거든요!"

"하, 답답해 주겠네. 무슨 문제를 다 듣기도 전에 답을 맞춘 답니까? 그것도 한두 번이면 모르겠는데 열 번 모두 다요."

'나도 그게 이상하다고요! 그런데 나도 모르겠는 걸 어떻게 하라고요!'

유정도 답답한 나머지 소리를 지르고 싶었다.

그러나 그렇다고 여기서 분란을 만들어 내고 싶진 않았

다.

"당신, 두고 봐. 내가 인터넷에 작가하고 짜고 치는 고스톱이라고 낱낱이 떠벌릴 테니까. 각오해 두라고! 거기 작가 양반도 마찬가지야. 알았어?"

그가 나가고 유정이 한숨을 내쉬었다.

그 모습을 보며 건형이 말했다.

"걱정하지 마요. 인터넷에 그런 글 쉽게 못 올릴 테니까요."

"네? 그게 무슨 말이죠?"

"정작 그 본인도 여기 출연해서 우승했었잖아요. 그럼 자기 얼굴에 먹칠하는 꼴인데 그러겠어요? 그냥 열 받아서 그런 걸 거예요. 자기도 우승자인데 주목받는 건 초대우승자인 김명준 씨 한 명뿐이니까요. 이번 기회에 어떻게든 설욕하고 싶었나 보죠. 그리고 저는 별로 신경 안 써요."

"뭐라고요? 당신은 그럴지 몰라도 저는 괜히 욕먹은 거잖아요! 그럴 거면 애초에 그렇게 쉽게 맞히질 말던가요. 도대체 어떻게 한 거예요? 혹시 진짜 재벌 아들이라도 돼요? 선배가 문제 미리 알려준 건가요?"

"이거 봐. 평소에도 그렇게 쉽게 귀가 팔랑거려요? 그런 거 아니니까 오해하지 마요. 그냥 아는 문제라서 대답한 것뿐이에요."

"됐어요. 어차피 뭐 있다가 방송 시작하면 알게 될 텐데
요. 그보다 인터뷰하러 왔어요. 박건형 씨, 맞으시죠? 프
로필 좀 간략하게 따야 하거든요. 그리고 있다가 방송 들어
가서 자기소개 할 때 어떻게 할지 그것도 이야기해야 하고
요."

"프로필요? 뭘 말해야 하죠?"

"그냥 이름, 나이, 직업, 학생이면 다니는 학교는 어딘
지, 각오는 무엇인지, 이런 것 정도요."

그 말에 건형이 환하게 웃으며 대답했다.

쾅!

유정은 세게 문을 닫아버렸다.

아까 건형이 환하게 웃으며 한 말이 머릿속을 빙글빙글
맴돌고 있었다.

일단 다 적어 두긴 했는데 이것을 왕작가 언니한테 보여
줘야 하나 말아야 하나 고민이 됐다.

누가 봐도 오만방자하기 짝이 없었다.

각오가 어떠냐고 물어봤더니 한다는 말이 고작 이거였
다.

'단 한 문제도 상대방에게 점수를 양보하지 않고 우승하겠다.'

그녀는 고개를 설레설레 저었다. 머릿속에 백과사전을 넣어 다니는 것도 아니고 어떻게 모든 문제를 다 맞힌단 말인가?

그래도 일단 프로필을 대충 만들긴 했으니 왕작가한테 보여줘야 했다.

그녀가 건넨 프로필을 훑어보던 왕작가가 웃음을 터트렸다.

"정말 이 사람이 한 말 맞아?"

"뭐, 저렇게 곧이곧대로 이야기한 건 아니지만 대충 비슷한 뉘앙스였어요. 누가 와도 우승할 수 있다는 그런 자신감을 정말 잘 내비치더라고요."

"마음에 드네, 이 사람. 김명준하고 좋은 그림이 나오겠어."

일단 키 크다. 얼굴도 잘생겼다. 몸매도 좋아 보인다. 거기에 카리스마 넘치고 실력도 좋아 보인다.

그림이 딱 나왔다. 왕작가 생각에 이 남자는 분명히 괜찮은 패였다. 김명준을 살릴 수 있는 최고의 카드라고 할까?

유정이 눈을 동그랗게 뜨며 물었다.

잘난 척만 해 대던 이 남자를 왜 좋게 생각하는 건지 이해 불가능이었다.

"네? 이 남자가요?"

"이 정도면 키 크고 얼굴 잘생겼고 몸매도 괜찮은 거 같고. 게다가 학교도 명문대고. 딱 맞네. 김명준 씨도 그 쟁쟁한 우승 후보들을 물리치고 명문대 학생으로 일등을 거머쥔 거였잖니. 이런 캐릭터라면 좋게좋게 써 주면 그만인 거야. 생방송까지 얼마 안 남았으니까 준비 잘해 두고 김명준 씨 도착했는지 알아보고."

"네. 그럴게요."

유정은 고개를 설레설레 저었다.

그럴수록 아까 전 건형이 환하게 웃었던 게 머릿속에서 되감기 되고 있었다.

"그런 재수 없는 자식은 무조건 꼴등으로 탈락해 버렸으면 좋겠네. 괜히 그 자식 때문에 나까지 욕 얻어먹고 말이야."

*　　*　　*

"아, 민수 형. 네, 여기 방송국이에요."

[방송국? 방송국은 무슨 일로 갔어?]

"퀴즈 대회 참가하려고요. '대한민국, 퀴즈에 빠지다!' 라는 프로그램 아시죠? 이번에 거기 왕중왕전 참가하게 됐어요."

[엥? 그 왕중왕전은 역대 우승자들만 참가하는 거 아니었어?]

"저도 그렇게 알고 있었는데요. 특별 기획으로 잡히면서 편성이 꼬여 버렸다고 하더라고요. 그래서 급히 잡은 거래요."

[흐음, 그래? 거기 초대 우승자였나? 김명준이라고 퀴즈 되게 잘 맞히던 애 있던데. 우승할 수 있겠냐? 거기 규칙 알지?]

"네, 잘 알고 있죠."

대한민국, 퀴즈에 빠지다! 의 규칙은 간단했다.

위너 테이크 올(Winner take all).

승자가 모든 걸 독식하는 제도.

초대 우승자인 김명준 때만 해도 상금은 1억 규모였고 지금도 비슷비슷했다.

그러나 이번 방송은 특집 기획으로 잡혀서 그런 건지 모르겠지만 상금 규모가 훨씬 더 셌다.

최소 2억은 될 거라고 하니 세금을 제해도 1억은 받을 수 있다고 봐야 했다.

"곧 생방송 들어갈 거 같아요. 텔레비전에서 모니터링이나 해 주세요. 부탁해요."

[그래, 알았어.]

민수는 하던 공무원 시험 공부를 잠시 멈추고 웹사이트에 들어갔다.

평소 자주 다니던 웹사이트 커뮤니티에 들어가자 '대한민국, 퀴즈에 빠지다!' 중계 글이 눈에 들어왔다.

아예 중계 글을 파 놓고 댓글로 채팅을 하려는 모양이었다.

민수가 댓글을 달았다.

RE : 오늘 누가 나온데요? 우승은 누가 할 거 같죠?

그리고 얼마 뒤, 새로 고침을 해 보자 댓글이 줄지어 달린 것이 눈에 들어왔다.

RE : 왕중왕전이라는데……. 쟁쟁한 실력자들이 참가했데요.

RE : 모두 여섯 명이 출전하는데 하나같이 퀴즈의 달인이라던데요?

　RE : 어떤 팀에서는 역대 우승자 두 명을 꺾고 올라온 도전자도 있데요.

　RE : 저는 김명준이 우승할 거 같습니다. 초대 우승할 때 정말 짜릿해서 죽는 줄 알았다니까요. 그때, 그 역전승 생각하면……

　RE : 저는 박예지요. 고등학생인데도 퀴즈 정말 잘 맞힌다고 하더라고요.

　곰곰이 고민하던 민수가 조심스럽게 댓글을 달았다.

　RE : 제가 잘 아는 동생도 이번에 출전했는데요. 그 녀석이 우승할 거라고 믿습니다. 이름이 박건형인데 다들 응원해 주세요.

　RE : 박건형요? 아, 그러고 보니 역대 우승자 두 명 꺾은 게 박건형이라던데.

　RE : 에이, 작가하고 짜고 친 거 아니에요? 도전자실에서 꽤 말이 많았다던데.

　RE : 그럴 리가요. 제 동생이 그럴 사람이 아니에요. 한번 지켜보세요.

　졸지에 건형이 사기꾼 취급을 당하게 되자 민수는 텔레비전 앞에 꼿꼿이 앉았다. 그리고 각을 잡고 건형을 응원하기 시작했다.

커뮤니티 사람들한테 내 동생이 이런 사람이다, 라는 걸
보여주길 원했다.

생방송이 시작됐다.

메인 MC로 나선 건 대한민국, 퀴즈에 빠지다! 1회 때부
터 진행을 맡아 온 장범수였다. 그리고 그 옆에는 최근 떠
오르는 대세돌 그룹 플뢰르의 리더 이지현이 함께 서 있었
다.

"안녕하세요! 대한민국, 퀴즈에 빠지다의 메인 MC 장
범수입니다. 제 옆에는 꽃보다 더 아름다운 대한민국 대표
아이돌 그룹 플뢰르의 리더 이지현 양이 함께해 주셨습니
다."

"안녕하세요. 이렇게 인사드리게 되어 정말 영광이에요.
플뢰르의 리더이자 메인 보컬 이지현입니다. 오늘 대한민
국, 퀴즈에 빠지다에 보조 MC를 맡게 되어 정말 영광이고
요. 못하더라도 최대한 열심히 할 테니까 많이 응원 부탁드
릴게요!"

"이제 퀴즈쇼에 참가할 분들을 소개해야겠죠. 이지현
양, 부탁드릴게요."

"네! 아, 이분 저도 알고 있어요. 정말 되게 유명하신 분이죠? 여러분도 다들 알고 계실 거예요. 바로, 초대 우승자 김명준 씨입니다!"

와아아아—

환호성이 터져 나왔다.

방청객들 대부분 여성이었다. 김명준의 인기를 여실히 증명하고 있었다.

"김명준 씨, 나와 주세요!"

계단을 따라 김명준이 천천히 걸어 나왔다.

훤칠한 키에 수려한 외모, 또렷한 이목구비, 선 굵은 눈썹, 확실히 잘생긴 귀공자풍의 느낌을 여실히 보여 주고 있었다.

"반갑습니다, 초대 우승자 김명준입니다. 오늘 대한민국, 퀴즈에 빠지다! 왕중왕전으로 알고 있는데요. 이렇게 영광스러운 자리에 초대돼서 정말 다행입니다."

굵고 낮은 중저음의 목소리, 여심을 뒤흔들기에 충분한 그 중저음에 다시 한 번 환호성이 터져 나왔다.

명준은 하얀 치아를 드러내 보이며 밝게 웃었다.

장범수가 그런 명준을 쳐다보며 물었다.

"김명준 씨, 정말 오랜만에 뵙는 거 같은데요. 그동안 잘 지내셨나요?"

"예, 물론입니다. 시청자분들의 사랑을 받으며 잘 지내고 있었습니다."

"초대 우승자이지만 도전자의 자격으로 이 무대에 오르셨는데요. 각오 한마디 부탁드리겠습니다."

"초대 우승자인 만큼 왕중왕전 또한 초대 우승을 거머쥐고 싶습니다. 이번에 쟁쟁한 후보분들이 많이 나오셨다고 하던데 제가 꼭 대한민국에서 퀴즈 하나 만큼은 최고라는 것을 증명해 보이겠습니다."

"정말 단단히 준비하고 오신 거 같군요. 이지현 양도 따로 할 말 있으신가요?"

"저, 저요?"

잠시 머뭇거리던 지현이 양 볼을 빨갛게 물들이며 물었다.

"오늘 우승하시면 상금은 어떻게 쓰실 건가요?"

"글쎄요. 일단 제 가족을 위해 쓸 겁니다. 그리고 남는 돈은 저를 사랑해 주시는 팬분들과 함께하도록 하겠습니다."

"그렇다는 건 팬미팅이라도 하시겠다는 말씀이신가요?"

명준이 우수에 찬 눈빛으로 말했다.

"예. 모든 비용은 제가 부담할 생각입니다. 지현 양도 오실 생각 있으시면 언제든지 말씀해 주세요. 제가 연락드리도록 하겠습니다."

"아, 아뇨. 저는 괜찮은……."

"잠시만요. 여기서 이러시면 안 되고요. 다음 참가자분 모시도록 하겠습니다."

김명준이 아쉬워할 때 다음 참가자가 걸어 나왔다.

약간 작은 키에 마른 체구, 깐깐한 인상에 안경을 쓴 오십 대 중반의 중년인이었다.

"안녕하세요! 이렇게 모시게 되어 반갑습니다. 간단히 시청자분들에게 자기소개 좀 부탁드려도 될까요?"

"예, 이쪽을 보고 이야기하면 됩니까?"

"네, 그렇습니다."

"저는 전주의 한 고등학교에서 역사를 가르치고 있습니다. 평소 퀴즈에 관심이 많았는데 오늘 이렇게 왕중왕전에 참가하게 돼서 정말 기쁩니다."

"역사 선생님이셨군요. 네 명의 도전자와 초대 우승자 김명준 씨를 상대하게 될 텐데요. 어떻게 우승을 예감하고 계신가요?"

"여태 누구한테 퀴즈로는 져 본 기억이 없습니다. 이번에 꼭 우승해서 우리 반 아이들한테 맛있는 것을 사주고 싶습니다."

와아아아—

방청객석에서 자그마한 함성이 터져 나왔다.

그들 대부분 교복을 입고 있는 걸 보니 이 역사 선생님이 근무하고 있는 학교의 학생들인 모양이었다.

"제자들이 응원하러 나왔군요. 역사 선생님께서 꼭 우승하길 바라는 거 같네요. 저 독기 오른 눈빛 보세요. 하하, 꼭 힘내셔야겠습니다. 그럼 다음 참가자분!"

그 뒤, 두 명의 참가자가 더 소개됐다.

한 명은 십 대 후반의 여성참가자로 고등학생이었다. 이름은 박예지로 강력한 우승 후보 중 한 명이기도 했다. 그리고 또 한 명은 삼십 대 중반의 젊은 직장인으로 벤처기업의 CEO였다.

이 중 벤처기업의 CEO는 이전에 대한민국, 퀴즈에 빠지다! 에 참가해서 우승을 거머쥔 적이 있는 우승자이기도 했다.

그리고 이제 남은 건 두 명이었다.

먼저 걸어 나온 건 아까 전 김명준과 대결하고 싶어 했던 덩치 큰 사내였다.

운동선수인 줄 알았는데 알고 보니 그는 과학고를 나와서 국내에 손꼽히는 명문대를 졸업한 뒤 외국에 유학까지 갔다 온 인재였다.

그는 오만방자한 얼굴로 입을 열었다.

"솔직히 여기에서 그나마 관심 가는 건 김명준 참가자 정도입니다. 제가 우승할 건 어차피 당연한 일이고요. 첫 방송 봤는데 정말 어떻게 저 문제를 틀리지 싶을 정도로 대단히 못 맞히더군요. 이번에는 제가 모든 문제를 다 맞혀서 우승해 보도록 하겠습니다."

우우우—

방청객에서 야유가 쏟아졌다.

대부분 김명준의 팬이다 보니 그럴 수밖에 없었다.

"하하, 야유해도 상관없습니다. 실력으로 입증해 보이면 그만인 일이니까요."

메인 MC 장범수는 참 독특한 컨셉이라고 생각하며 다음 참가자를 소개하기 시작했다.

그런데 이 참가자도 나름 매력이 있었다. 이 덩치 큰 사내하고 붙여 보면 재밌을 듯했다.

"네, 마지막 참가자 분을 모시도록 하겠습니다! 그 전에 우선 프로그램 제목이 어째서 왕중왕전인지 궁금해하셨을

분이 계실 겁니다. 사실 이분들을 모시기 전에 역대 우승자 분들을 포함해서 예선전을 비공개로 치렀습니다."

웅성웅성—

왜 다들 왕중왕전인지 궁금해했는데 이제야 그 이유가 밝혀졌다.

"그 결과 한 분만 예선전을 통과하셨고 다른 네 분은 예선전을 통과하지 못했습니다. 유일하게 예선전을 통과한 게 전직 CEO출신인 이상철 씨입니다. 그럼 이 우승자를 꺾고 진출한 사람이 누구냐 하면."

숨을 고른 다음 범수가 재차 이야기했다.

"일단 그중 한 분이 바로 박성훈 역사 선생님이시고요. 또 한 분이 여기 차성혁 씨입니다."

차성혁이 소개될 때 거센 야유가 쏟아졌다.

"하하, 다들 자제해 주세요. 그리고 또 한 명이 어여쁜 우리 여고생 박예지 양이고요. 이제 소개해 드릴 분은 역대 우승자 두 명이 속해 있던 죽음의 예선전을 최단 시간에 통과하신 분인데요. 박건형 씨입니다! 박수로 맞아주세요!"

역대 우승자 두 명이 속해 있는 죽음의 예선전을 최단시간에 통과했다?

방청객석이 웅성거리기 시작했다.

사람들 모두 기대감 어린 눈길로 참가자가 나오게 되어 있는 문 쪽을 바라봤다.

얼마 지나지 않아 깔끔한 외모에 엄청 잘생겼다고 할 순 없어도 꽤나 훤칠한 외모의 훈남이 안으로 걸어 들어왔다.

건형은 입가에 미소를 그렸다.

처음 퀴즈쇼를 출연할 때만 해도 정말 긴장을 많이 했었다. 그는 애초에 이런 퀴즈쇼 출연이 처음이었으니까.

사방에서 자신을 찍는 카메라를 보며 걱정하지 않았다면 그건 거짓말일 것이다.

그러나 실제로 예비 테스트를 치르고 이 무대에 진출하게 됐을 때 건형은 그 걱정들을 모두 뒤로 미뤄 뒀다.

카메라 울렁증이 있다고 해서 무슨 상관이겠는가?

머릿속에서는 계속해서 온갖 정보들이 떠돌아 다니고 있었다. 그리고 자신이 원하면 그 정보를 즉시 꺼내어 쓸 수 있었다.

이 능력이 있는 이상 그에게 모르는 건 없다고 할 수 있었다. 그야말로 지금의 건형은 걸어 다니는 백과사전이나 다름없었다.

"네, 반갑습니다. 박건형 씨. 들어 보니 퀴즈쇼는 이번이 처음 참가하시는 거라고요?"

건형을 제외한 다른 사람들은 저마다 다른 방송사의 퀴즈 프로그램에도 출연한 경험이 있었다.

유일하게 경험이 없이 이번 '대한민국, 퀴즈에 빠지다!'가 첫 퀴즈쇼인 사람이 건형이었다.

"예, 그렇습니다."

"첫 참가라서 엄청 떨리시겠어요. 괜찮으신가요?"

범수 옆에 서 있던 지현이 웃으며 물었다.

건형이 고개를 설레설레 저었다.

"괜찮습니다. 어차피 제가 우승할 텐데 떨릴 리가요."

"뭐, 뭐라고요? 지금 우승한다고 말하신 건가요?"

"그 정도 포부도 없이 여기 나왔을 리가 없지 않겠습니까? 우승할 생각으로 이 퀴즈쇼에 출연했습니다."

"하하, 대단한 자신감이시군요. 여기엔 정말 화려한 경력을 자랑하는 분들이 많습니다. 그런 분들이 한두 명도 아니고 무려 다섯 분이나 참가하시는데 괜찮으시겠습니까?"

건형이 자신만만한 얼굴로 대답했다.

"다른 분들이 문제를 풀기도 전에 제가 모든 문제를 맞힐 생각입니다. 그러면 가볍게 우승할 수 있지 않을까요?"

룰만 놓고 보면 그게 정답이다.

다른 사람이 못 맞히게 하고 자신만 맞히면 우승할 수 있는 게 당연하다.

그러나 그게 어려운 건 인간이 모든 분야에 정통할 수 없다는 것 때문이다.

지식이 많고 다양해지면서 한 분야의 전문가는 있을 수 있지만 다방면을 두루두루 아는 전문가는 나타나기 어렵게 되었다.

한 학문만 파고들어도 그 끝이 보이지 않는데 모든 학문을 어떻게 전부 다 능통할 수 있을까?

그건 불가능한 일이었다.

퀴즈쇼도 마찬가지였다.

퀴즈쇼에서 내는 건 한 가지 영역이 아니다. 수십여 가지 다양한 영역에서 문제를 낸다. 개중에는 학술만이 아니라 연예라던가 시사, 상식, 스포츠 그밖에 다양한 영역들이 존재한다.

그렇기 때문에 문제를 맞힐 때도, 못 맞힐 때도 있게 되는 것이다.

"하하, 차성혁 씨하고 비슷한 발언을 하셨는데요. 차성혁 씨, 어떻게 생각하시나요?"

"원래 볼품없는 사람들이 허풍을 잘 늘어놓는 법이죠. 제가 가볍게 박살 내 보도록 하겠습니다."

건형이 그런 차성혁을 쳐다봤다.

뭐, 겉모습과 다르게 눈빛에는 총기가 가득 했다. 게다가 학력을 보니 자부심을 갖는 게 이해가 갔다.

엘리트 코스만 밟아 온 사내다.

과학고, 국내 최고의 명문대 중 하나, 외국 유학까지.

자신을 무시하는 게 이해가 갔다.

그러나 결과는 까 봐야 아는 법 아니겠는가.

건형이 가볍게 응수했다.

"우물 안 개구리가 뭔지 보여주겠습니다."

메인 MC 장범수가 얼굴 가득 미소를 지어 보였다.

이렇게 참가자들끼리 경쟁 구도가 만들어지면 방송을 이끌어 나가는 게 훨씬 더 손쉬워진다. 아무래도 적당히 경쟁심을 자극하면 재미있게 방송을 뽑아낼 수 있어서다.

"두 분 모두 기대해 보도록 하겠습니다. 그러면 본격적으로 '대한민국, 퀴즈에 빠지다!'를 시작하도록 하겠습니다."

그런 다음 장범수와 이지현이 이 퀴즈쇼의 룰에 대해 설명하기 시작했다.

왕중왕전답게 기존의 퀴즈쇼와는 방식이 달랐다.

퀴즈쇼는 총 3단계로 나뉘어져 있었다.

1단계는 상금의 액수를 늘리는 것이었다.

미국 모 퀴즈쇼처럼 문제를 맞힐 때마다 그 문제의 난이도에 상응하는 액수를 받을 수 있었다.

1단계에서 획득할 수 있는 최종 금액은 3억 4400만 원이었다.

2단계는 그 상금의 액수를 부풀릴 수 있었다.

× 4부터 × 9까지 총 6종류의 문제가 출제되게 되어 있었다.

참가자들 중에서 가장 빠르게 퀴즈를 맞힌 순서대로 더 높은 곱하기를 선택해서 자신이 1단계에서 획득한 돈을 부풀릴 수 있었다.

마지막 3단계는 2단계까지 획득한 금액을 안전하게 지켜야 하는 단계였다.

무작위로 아무 분야나 골라서 퀴즈를 내게 되는데 정답을 맞힐 경우 1,000만 원을 획득할 수 있지만 정답을 맞히지 못할 경우 1,000만 원을 차감당하게 되어 있었다.

3단계는 한 사람당 총 10문제를 제출하게 되어 있으며 그렇게 해서 여섯 명의 최종 금액을 확인한 다음 가장 많은 돈을 획득한 사람이 우승자가 되는 것이었다.

상금의 액수도 그렇고 규모도 그렇고 왕중왕전이라고 해

도 손색이 없는 그런 대회였다.

PD나 작가 모두 야심 차게 준비했으니 말이다.

그리고 이제 본격적으로 대회가 시작됐다.

그렇게 하나의 전설이 만들어지려 하고 있었다.

Chapter. 04

메인 MC 범수는 믿기지 않는다는 얼굴로 한 참가자를 쳐다보고 있었다.

솔직히 처음에만 해도 허풍이라고 생각했다.

설마하니 모든 문제를 한 참가자가 맞힐 수 있을 리가 없지 않은가.

그렇게 생각한 건 PD나 작가도 마찬가지였다.

물론 여기서 가장 어이없어한 건 참가자 중 한 명인 차성혁이었다.

그는 어이없다는 얼굴로 한 사내를 쳐다보고 있었다.

아까 전까지 자신이 무시했던 바로 그자다.

자신처럼 모든 문제를 다 맞히고 전승 우승하겠다고 공언한 재수 없는 자식.

알아보니 자신이 보기엔 조금 이름이 알려진 대학교에 다니고 있는 것을 빼면 내세울 거라고는 하나 없었다.

그래서 무시하고 있었다.

그런데 막상 뚜껑을 열어 보니 달랐다.

1단계 총 스무 문제가 준비되어 있었다.

왕중왕 결정전이다 보니 하나같이 난이도도 수준급 이상이었다.

분야도 다양했다.

역사, 스포츠, 종교, 지리, 과학, 수학, 영어, 문학, 시사, 그리고 경제까지.

웬만한 분야를 총망라하고 있었다.

그러나 건형은 거침없었다.

순식간에 여덟 문제를 맞춰 버렸다.

벌써 그가 획득한 상금이 1억 1천 300만 원이었다.

다른 참가자들은 입을 떼어 볼 기회조차 없었다.

문제가 나오자마자 바로 맞춰 버렸기 때문이다.

약간이나마 생각할 틈이 없었다.

아직 열두 문제가 더 남아 있긴 했다.

그렇지만 여덟 문제를 한 사람이 독식하는 건 이런저런 문제가 있었다.

일단 방송 분량을 뽑기 힘든데다가 자칫 잘못하면 서로 짜 고치는 고스톱으로 생각할 수도 있었다.

그러나 이건 생방송이었다. PD나 작가가 개입하기 어려웠다.

일단 지켜보고 있을 수밖에 없었다.

PD가 왕작가를 불러들였다.

"이거 어떻게 된 거야?"

"저도 모르겠어요. 그냥 허풍인 줄 알았는데 아니었던 모양이에요. 유정아, 이리 와봐."

아까 전 테스트를 진행했던 막내 작가 유정이 쫄래쫄래 달려왔다. 그녀는 건형이 거두고 있는 놀라운 성적에 혀를 내두르고 있었다.

이미 시청자 게시판은 달달 달궈진 상태였다.

하나같이 말도 안 된다, 믿기지 않는다 등 경이로운 반응을 쏟아 내고 있었다. 개중에는 일부러 짜고 치는 거 아니냐 하는 반응도 약간 있었다.

"저 사람 어땠었어?"

"말씀드렸다시피 모든 문제를 다 듣기도 전에 답을 맞히곤 했어요. 다른 참가자들이 대답할 기회조차 얻지 못했었어요."

"그렇게 열 문제를 다 맞혀 버린 거야? 문제 난이도가 너무 낮았던 건 아니고?"

"그럴 리가요. 가장 어려운 문제로만 골라 뽑아 갔는걸요. 역대 우승자 두 명이 포함되어 있다고 해서 오래 걸릴까 봐 최상급 난이도 문제만 가져갔었어요."

유정이 억울해하는 표정으로 그녀를 바라봤다. 왕작가는 한숨을 푹 내쉴 수밖에 없었다.

그렇지만 어쩔 수 없었다. 생방송인데 인제 와서 문제 출제 방식을 바꾸겠다고 할 수도 없는 노릇이거니와 달리 뾰족한 꼼수를 만들어 내기도 힘든 상황이었다.

그때, 잠자코 있던 담당 PD가 왕작가를 쳐다보며 말했다.

"김 작가, 저 사람 아까 한 말 그대로 지키면 상금이 얼만지 알고 있어?"

"그, 그러니까 그런 경우는 생각해 본 적이 없어서요."

"아까 대충 계산해 봤는데 1단계 다 맞히고 2단계에서 9배 획득하고 3단계에서 10문제 모두 다 맞히면 일단 3단계에서만 1억이고, 1단계하고 아홉 배하면 대략 30억이야. 그러니까 저 사람이 한마디로 30억을 독식하게 되는 거라고. 무슨 말인지 알겠어?"

"3, 30억이라고요?"

"만약 지금 내가 말한 대로 되어서 저 사람이 우승하면 우리 시말서 쓸 준비해야 할 거야. 아니, 시말서 하나로 끝나면 다행이지. 사직서 내야 할지도 몰라. 방송 분량 제대로 뽑지도 못하고 왕창 깨지기만 할 수도 있다고."

"⋯⋯다들 집합!"

비상사태였다.

긴급회의가 시작됐다.

그것과 상관없이 퀴즈쇼는 계속 진행됐다.

생방송이었다. 중간에 멈추는 일이 있어서는 안 됐다.

진행될수록 '대한민국, 퀴즈에 빠지다!'를 담당하고 있는 진명제 PD는 한숨을 길게 내쉬었다.

생방송만 아니었으면 지금쯤 화장실에서 담배를 연신 피워 댔을 것이다. 발아래엔 담배꽁초가 수두룩하게 쌓여 있었을 테고.

그러나 그럴 수 없다는 것에 더 속이 부글부글 끓어오르고 있었다.

어느새 소문이 났는지 슬슬 방송국 사람들이 하나둘 모이는 중이었다. 개중에는 평소 싫어하는 PD도 한두 명 끼어 있었다.

어느덧 1단계가 끝이 났다.

총 스무 문제가 출제됐는데 대부분의 참가자들은 입 하나 뻥긋하지 못했다.

단 한 명이 모든 문제를 맞춰 버렸다.

그것은 건형이었다.

김명준은 어처구니없다는 얼굴로 건형을 쳐다봤다.

이건 사람이 아니었다.

걸어 다니는 백과사전이었다.

아니면 머릿속에서 실시간으로 인터넷 검색을 하고 있는 것일지도 몰랐다.

문제를 냈다 하면 다른 사람이 채 버튼을 누르기도 전에 바로 정답을 맞히고 있었다.

건형 혼자서 모든 문제를 싹 쓸어가 버렸다.

방송이 시작하고 이제 이십여 분 정도 지났는데 1단계가 끝이 나 버렸다.

특집 기획으로 2시간을 잡아 놓은 방송이었는데 방송시

간도 펑크가 나게 생겨 버렸다.

진명제 PD는 지금이라도 부스 안에 들어가서 어떻게든 저 자식을 잡아 끌어내리고 싶었다. 아니면 어떻게든 좋은 조건으로 제안을 해서 30억을 가져가는 일은 막고 싶었다.

안절부절못하는 그에게 한 사내가 다가왔다.

사십 대 중반에 진명제 PD 또래로 보였다.

그는 여러 번 프로그램을 말아먹고 지금은 평일 오전에 프로그램 하나를 맡고 있었다.

좋게 말하면 널널한 거지만 나쁘게 말하면 좌천된 거라고 할 수 있었다.

그런 그가 진명제에게 다가와 약 올리듯 놀란 목소리로 물었다.

"진 PD. 왜 그렇게 울상이야? 지금 시청률 장난 아닌 거 몰라? 국장님이 놀라셨어."

"장난해?"

"진짜야. 지금 시청률 20% 넘겼다고 하던데? 이거 잘하면 퀴즈쇼 중에서 역대 최고의 시청률을 찍을 수 있겠어. 물론 맨 마지막 장면에서 역대 최고를 찍겠지만 말이야. 확률이 어느 정도였더라?"

"약 올리지 말고 그만 네 일이나 하러 가지 그래? 지금 가뜩이나 머리 아파서 죽겠으니까."

"큭큭. 어, 저기 국장님 오시네. 인사드리러 가야지. 자
자, 가자고."

생방송 도중 국장이 직접 내려오는 건 드문 일이었다. 그
런데 그가 내려왔다는 건 그만큼 국장도 이번 일에 신경을
많이 쓰고 있다는 이야기였다.

"어, 진 PD, 유 PD. 그래, 이야기는 들었어. 시청률 잘
나오고 있다며?"

"아, 예. 국장님. 그, 그렇습니다."

"하하, 괜찮아. 뭐, 대책은 세워 둔 거겠지? 일등하면 상
금이 대략 30억 정도라고 하던데 말이야. 진짜 그 돈 다 줄
생각은 아니지?"

"설마요. 그럴 리가 있겠습니까?"

"그래. 난 진 PD가 다른 방송국에서 보낸 스파이인 줄
알았다니까? 우리 방송국 말아먹을 생각 아니면 어떻게든
당장 방법을 마련해 두라고. 무슨 뜻인지 알겠지? 진 PD?"

"그럼요. 여부가 있겠습니까? 김 작가가 방법을 마련 중
일 겁니다. 조금만 기다려 주십시오."

"일단 한번 지켜보도록 하자고. 방송 분량이 중요한 게
아니야. 일단 상금 문제를 어떻게 해결한 것인지가 중요한

거지. 인터넷이나 SNS나 할 거 없이 지금 이걸로 달아오른 거 알고 있겠지?"

그 말대로였다.

지금 인터넷은 대한민국, 퀴즈에 빠지다! 로 인해 들끓어 오른 상태였다.

처음 대여섯 문제를 단숨에 한 사람이 맞춰 버렸을 때만 해도 조작설이 오고갔었다. 대기실에서 작가하고 짜고 예선전을 통과했다느니, 무슨 연습생이라느니, 등 온갖 루머가 퍼져서였다.

그러나 1단계를 혼자 다 독식해 버리자 사람들의 평가도 바뀌었다.

이건 진짜배기라는 걸 다들 알아차린 것이었다.

그러자 모든 인터넷 사이트의 게시판이 폭주하기 시작했다.

이미 몇몇 사람들이 만약 그가 모든 문제를 다 맞혀서 우승할 경우 당첨 상금이 얼마나 되는지 계산한 상태였고 그것을 발 빠르게 트위터나 페이스북을 통해서 퍼 나르고 있었다.

그렇다 보니 N모 사이트나 D모 사이트 등 대형 포털에서도 이슈로 이 이야기를 다루고 있었고 벌써부터 '역대 최

다 상금 수여자 탄생하나?', '하루 만에 30억을 벌어갈
수 있는 기회!', '대한민국, 퀴즈에 빠지다! 퀴즈의 신(神)
등장해!' 등등 온갖 자극적인 기사들이 쏟아지고 있었다.

한편 민수가 활동하는 사이트에 올라온 중계 글은 이미
공지가 되어 있었고 수천 개의 댓글이 쌓여 있었다.

잠깐 다른 일을 하느라 인터넷을 하지 못했던 민수는 뒤
늦게 게시판에 들어가고서 화들짝 놀라고 말았다.

자신이 단 댓글 '제가 잘 아는 동생도 이번에 출전했는
데요. 그 녀석이 우승할 거라고 믿습니다. 이름이 박건형인
데 다들 응원해 주세요.'에 수백여 개의 리플이 달려 있었
다.

그 리플 내용 대부분은 '성지순례하고 갑니다.'였다.

그리고 쪽지함에는 수백여 통의 쪽지가 쌓여 있었다. 대
부분 어떻게 저 참가자를 아느냐에서부터 어떤 사이인지
그리고 심지어 몇몇 신문사 기자들도 있었다.

그들은 자신의 연락처를 알려주면서 건형에 대해 더 자
세한 걸 알고 싶다고 하고 있었다.

민수는 뿌듯한 얼굴로 중계 글에 댓글을 작성했다.

RE : 제 말 맞죠? 건형이가 우승할 거라니까요.

그리고 몇 초 뒤 새로 고침을 해 보자 수십여 개의 댓글
이 아래 쌓여 있는 게 보였다.

RE : 우와, 님 도대체 어떻게 아는 사이예요?

RE : 친해요?

RE : 제가 사실 며칠 전에 토토하다가 제 전 재산을 날
려먹었는데 도움 좀 주실 없나요? 국민은행 80XXXX.

RE : S사 일보 기자입니다. 쪽지 보냈는데 확인 좀 부탁
드립니다.

별별 댓글들이 달려 있었다.

민수는 고개를 설레설레 저으며 인터넷 중계를 확인했
다. 그가 자주 다니는 사이트는 수만여 명이 몰려서 계속
버퍼링이 걸리고 있었다. 그만큼 온갖 관심이 쏟아지고 있
다는 의미였다.

그렇게 인터넷 중계를 보고 있을 때 드디어 2단계가 시
작되고 있었다.

이번 대한민국, 퀴즈에 빠지다! 를 맡은 메인 MC 장범수
는 식은땀을 소매로 연신 훔치고 있었다.

얼굴은 이미 구겨질 대로 구겨진 뒤였다.

이건 무슨 전쟁터에 나온 것도 아니고 발 한 발자국 떼는

게 살얼음을 걷는 것처럼 어려웠다.

이미 촬영장 주변에는 고위직 관계자들이 대거 나와 있었다.

국장은 물론 사장까지 나와 있었으니 이 정도면 끝난 거나 다름없었다.

그들이 나온 건 하나 때문이었다.

지금 역대 최고의 시청률을 갱신하고 있는 이 퀴즈쇼에서 역대 최대 당첨금을 받아 가는 사람이 탄생할 수 있을지, 그 여부에 관해서였다.

그는 습관적으로 손목시계를 확인했다. 생방송을 시작한 지 적어도 두세 시간은 지난 줄 알았는데 막상 시간을 확인해 보니 이제 고작 삼십여 분가량 지난 상태였다.

2단계는 금방 끝날 게 뻔했고 3단계에서 시간을 끌지 못한다면 생방송 시간을 제대로 맞출 수 있을지 그것도 지금 간당간당했다.

여기서 시간을 끌어야 했다.

그때, 막내 작가가 쪽지 하나를 건넸다. 범수는 조심스럽게 카메라를 피해 쪽지를 확인했다.

왕작가가 보낸 것이었다.

[범수 오빠, 어떻게든 시간 좀 끌어 줘요. 대책 좀 마련

할 수 있게. 부탁해요. 네?]

범수가 힐끗 왕작가를 쳐다봤다. 그녀는 지금 애원하기 직전의 표정을 짓고 있었다.

'후, 이 상황에서 시간을 끌지 못하면 왕작가나 진 PD는 그냥 나가리겠네.'

곰곰이 고민하던 범수가 고개를 끄덕였다. 그리고 연륜 있는 메인 MC답게 능숙하게 방송을 진행하기 시작했다.

"네, 이제 2단계를 시작하도록 하겠습니다. 그 전에 앞서서 한 분께서 너무 잘하셨는데요. 여기서 이야기를 안 들어 볼 수가 없겠군요. 지현 양은 어떻게 보셨죠?"

"정말 대단했어요. 와, 어떻게 그렇게 다 맞출 수가 있죠?"

"아는 만큼 대답했을 뿐입니다."

"모르는 문제가 있으신가요?"

건형이 그녀를 쳐다봤다.

모르는 문제? 과연 있을까?

없다고 이야기할 수 없다.

자신도 모르는 문제는 분명히 있다. 이 능력을 얻은 건 얼마 되지 않았고 지식을 제대로 축적하지도 못했다. 족히 몇 년은 더 지식을 쌓아야 세상의 모든 것을 알았다고 이야기할 수 있을 것이다.

하지만, 그렇다고 해서 곧이곧대로 이야기할 필요는 없었다.

"저도 당연한 사람인 만큼 모르는 문제가 있을 수는 있죠. 그렇지만 이번 퀴즈쇼에서만큼은 제가 모르는 문제는 나오지 않을 거라고 자신합니다."

퀴즈쇼다. 대부분 문제가 획일화되어 있다. 전문가 수준의 지식을 요구하는 것도 아니다. 시청자들도 어느 정도 같이 풀 수 있게 딱 그 정도의 수준만 요구하기 때문이다.

"그래요? 대단하시네요."

지현은 얼떨떨한 얼굴로 그를 바라봤다. 무슨 자신감인지는 알 수 없지만 그래도 실력 하나는 인정해야 했다.

솔직히 그 누구도 한 사람이 모든 문제를 다 맞춰 버릴 거라고는 생각조차 못했으니까.

그를 제외한 다른 참가자는 전부 다 처음 주어지는 금액인 100만 원만 갖고 있었다. 거기서 가장 표정이 좋지 않은 건 김명준이었다.

초대 우승자에 퀴즈의 달인이라고 불렸는데 완전 개쪽을 당했으니 말이다.

그렇게 다른 참가자들하고도 잡담을 나눈 뒤 메인 MC

장범수가 말했다.

"원래 기존의 2단계는 가장 문제를 빨리 맞힌 분이 자신의 상금 액수에서 9배를 더할 수 있는 것이었는데요. 여기서 약간 룰을 변경하기로 했습니다. 무조건 아홉 배를 가져갈 수 있는 게 아니라 임의로 하나를 뽑게 되었습니다. 이렇게 바뀌게 된 점 시청자분들의 양해를 부탁드리겠습니다."

그 말이 끝나기 무섭게 시청자게시판에 하나둘 글이 올라오기 시작했다.

대부분 방송국의 속내가 뻔히 보인다는 그런 이야기였다.

RE : 와, 진짜 방송국 너무하네. 일등 상금이 너무 커지니까 그거 때문에 일부러 저러는 거네.

RE : 그러게. 완전 사기네.

RE : 이래 놓고 뭐가 1등 퀴즈쇼야!

RE : 그러면 상금이 얼마나 줄어드는 거야?

RE : 만약 4배짜리 뽑으면 14억이니까 이건 절반도 안 되네. 거기에서 세금 빠지면……

RE : 근데 14억이 어디야. 그리고 3단계도 남아 있잖아.

RE : 그러게. 부럽다. 누군 방송 출연 한 번 잘해서 로또 당첨되다시피 하네.

건형은 머리를 긁적였다.

이 일이 누구 때문에 터진 건지 모를 수가 없었다. 자신 때문에 이 룰을 새롭게 만든 것이리라.

어쨌든 그렇다고 하니 퀴즈를 제일 먼저 맞힌 다음 나머지는 운에 맡길 수밖에 없을 듯했다.

그리고 2단계가 시작됐다.

모두가 예상했듯이 제일 먼저 문제를 맞힌 건 건형이었다.

건형이 맞히자마자 범수는 속으로 쌍욕을 내뱉었다. 방송 시간도 적당히 챙겨 줘야지 이건 뭐 자신 보고 나가 죽으라는 이야기나 다름없었다.

어쨌든 1등을 차지한 건 건형이었고 그에게 혜택이 주어졌다. 여섯 장의 카드 중 한 장을 뽑을 수 있게 됐다.

건형은 범수 앞에 다가가서 카드 한 장을 뽑아 들었다. 그리고 그것을 확인하려고 할 때 범수가 그것을 막아섰다.

"잠시만요, 확인하기 전에 일단 자리로 돌아가 주시겠습니까?"

의아해하던 건형이 고개를 끄덕였다.

"예, 알겠습니다."

건형이 자리로 돌아간 뒤, 범수가 물었다.

"혹시 나중에 다른 분이 맞춰서 카드를 뽑게 되면 바꾸고 싶은 생각은 없으신가요? 아, 물론 저는 지금 건형 씨가 무슨 카드를 뽑았는지 알지 못하고 있습니다. 걱정하지 않으셔도 됩니다."

"음, 굳이 바꾸고 싶은 생각은 없습니다."

"그런가요? 예, 알겠습니다."

그 뒤, 건형을 제외한 다른 사람들이 퀴즈를 풀기 시작했다.

사실상 그들로서는 드디어 처음 퀴즈를 풀게 된 것이었다.

명준이 건형 다음으로 문제를 맞혔고 그다음으로는 성혁, 상철, 예지 그리고 성훈 순서였다. 그리고 그들 모두 카드를 뽑아갔다.

여섯 명의 참가자에게 나눠진 여섯 장의 카드.

한 사람만 3억 원가량을 독식한 가운데 남은 다섯 명은 100만 원씩을 가지고 있었다.

"그러면 성혁 씨부터 카드를 공개해 주실까요?"

"예, 알겠습니다."

성혁이 먼저 카드를 꺼내 보였다.

× 8.

두 번째로 좋은 숫자가 나왔다.

성혁이 환호성을 내질렀다.

일단 어찌 됐든 800만 원의 상금을 확보하게 됐다.

뭐, 사실상 1등은 확정된 거나 다름없긴 했지만 말이다.

그래도 꼴찌가 아닌 게 어딘가.

그러고 보니 아까 전 그렇게 말했던 게 부끄러웠다.

김명준만 염두에 두고 있었는데 이건 무슨 새우 싸움에 고래가 난입한 격이었다.

지금 와서는 쪽팔리기 이를 데 없었다.

그다음 카드를 공개한 건 여고생 박예지였다. 그녀가 얻은 건 × 6이었다.

그 뒤, 남은 두 명이 카드를 공개했다. 상철 같은 경우는 × 5를, 성훈은 × 7을 가져갔다.

우연인지 아닌지 결과적으로 남은 카드는 × 9 와 × 4 였다.

최고의 카드와 최악의 카드.

명준이 침을 꿀꺽 삼켰다. 자신의 손에 들린 이 카드가 무엇인지는 모르겠지만 이왕이면 × 9이길 바랐다. 그건 건형도 마찬가지였다.

메인 MC 장범수가 흥분에 들뜬 목소리로 소리쳤다.

"두 분 모두 카드를 공개해 주세요!"

그리고 두 사람이 카드를 공개했다.

그 순간 진명제 PD가 뒷목을 잡고 쓰러졌다.

건형이 뽑은 카드가 × 9였던 것이다.

그에게는 최악의 순간이었다.

그리고 시청자 게시판에 들끓어 올랐다.

그건 여러 웹사이트도 똑같았다.

게시판을 통일하다시피 한 제목은 하나였다.

RE : 신이 정의 구현하셨네요.

RE : 대박, 이거야말로 진정한 정의 구현 아닌가요?

RE : 그래. 이래야 제맛이지.

그랬다.

신은 건형의 손을 들어주고 있었다.

결국 건형이 획득한 총 상금은 무려 31억 가량이었다.

여기서 세금으로 33%를 제한다고 하지만 그래도 남는 금액이 21억이었다.

로또 1등에 당첨된 것이나 다름없었다.

건형은 고개를 설레설레 저었다. 솔직히 말해서 기존 우승자가 받는 상금 1억원을 노리고 참가한 거였는데 그게 이렇게 확 뜰 줄은 몰랐다.

이제 남은 건 3단계 하나뿐이었다.

각 참가자는 총 열 개의 문제를 풀게 되어 있었다.

여기서 참가자가 문제를 맞히면 문제 하나당 1,000만 원을. 맞히지 못할 경우 1,000만 원을 차감당하게 되어 있었다.

기회는 모두 열 번, 참가자는 1억을 얻거나 혹은 1억을 잃게 될 수도 있었다.

결국 건형은 여기서 문제 열 개를 다 틀린다고 해도 30억을 벌 수 있다는 이야기였다. 세금을 뺀다면 20억 약간 넘게 남겠지만.

진명제 PD는 새하얗게 질린 얼굴로 자리에 주저앉았다. 이미 망해 버린 거나 다름없었다. 열 문제를 다 맞히면 벌어가게 되는 건 대략 21억 정도.

1억원 정도의 차이가 있긴 하지만 그게 대수일까.

어차피 거기서 거기였다.

'망했어, 망했어. 이제 아예 한동안은 이 바닥에 발도 못 붙이겠어.'

끽해야 우승 상금을 준다고 해도 2억 남짓이라고 생각했는데 너무 늘어나 버렸다. 2억이면 어찌어찌 무마할 수 있겠지만 21억은 너무나도 컸다.

한편 건형도 상금 액수를 부담스럽게 생각했다. 이미 일은 저질러졌다고 하지만 이렇게 벌써부터 얼굴이 알려져선 곤란했다. 유명해질수록 행동반경은 좁아질 것이 뻔하기 때문이다.

그렇지만 이미 돌아갈 수 없는 길이 되어 버렸는데 차라리 여기서 더 많은 돈을 벌어 두는 것도 나쁘지 않은 하나의 수단이 될 수 있었다.

뿐만 아니라 많은 사람들에게 얼굴을 알린다는 건 행동반경이 좁아든다는 단점이 있지만 반면에 자신의 능력을 알릴 수 있다는 장점이 되기도 하니까.

어쨌든 건형이 작가진이나 PD가 알면 멘붕이 될 만한 생각을 하는 동안 3단계가 시작됐다.

그때, 건형이 머리를 감싸 쥐었다.

갑작스럽게 두통이 느껴졌다. 지끈거리며 머리가 아파왔다.

마치 바늘로 쿡쿡 쑤시는 듯한 그런 느낌이었다.

'도대체 왜 이러지. 내 몸에 무슨 문제라도 생긴 건가?'

학교 도서관에서 의학도 통달하다시피 한 건형이었다. 자신의 몸 상태쯤은 스스로 체크할 수 있는 수준에 올라 있었다.

심박수가 약간 높았고 혈압도 조금 높았다. 그리고 머릿속에서 계속 통증이 느껴지며 어딘가 쿡쿡 찌르는 듯한 느낌이 들고 있었다.

그 순간 뜨거운 무언가가 입술을 타고 흘러내리는 듯한 기분이 들었다. 이상한 느낌에 소매로 코끝을 훔치자 벌건 핏자국이 묻어 나왔다.

코피였다.

투명한 테이블에 얼굴을 비춰 보자 눈도 붉게 충혈되어 있었다.

계속해서 코피를 흘리는 건형 모습에 제작진도 놀라긴 마찬가지였다.

스태프 중 한 명이 급히 휴지를 가져다줬다. 그럼에도 여전히 피가 멈추지 않았다.

건형은 왜 이런 건지 알 수 있었다. 너무 오랫동안 뇌를 사용했다.

인간은 분명히 뇌의 모든 영역을 사용한다.

하지만 신체의 활동에 열량이 필요하듯 뇌의 활동에는

혈액과 그 혈액을 타고 흐르는 산소의 공급이 필요하다.

너무 오랜 시간 동안 뇌를 100% 사용하다 보니 뇌로 향하는 혈류가 계속 증가했고, 결국 뇌압이 높아져 두통이 찾아왔다. 그리고 덩달아 모세혈관 파열, 즉 코피까지 터지고만 셈이었다.

뇌에 혈액 공급이 과잉된 상태에서 넘어지거나 벽 같은 곳에 머리를 부딪친다면?

곧바로 뇌출혈이다.

또한 두개골 안쪽에 피가 고여 제때 뽑아내지 못하면 그대로 사망에 이를 수도 있었다.

결국 능력을 너무 과도하게 유지하면 안 된다는 의미였다.

하지만 그것은 다른 가능성도 내포하고 있었다.

'그렇다면 이 능력을 내 임의대로 구분해서 쓰는 것도 가능하지 않을까?'

예컨대 능력을 10%, 20%······ 50%, 60%······ 100% 이렇게 나누는 것도 가능하다면?

인간의 한계를 넘어서는 그런 초능력도 사용할 수 있게 될까?

지금 이렇게 백과사전처럼 암기를 해서 이해한 게 이 능력의 전부일까?

건형은 얼마 전 읽었던 기사 하나를 상기시켰다.

인간의 뇌는 우주를 닮아 있다고 했다. 그래서 누구는 우주가 어떤 생명체의 뇌라고 주장했다고 한다.

그만큼 인간의 뇌는 우주처럼 아직 밝혀진 게 많지 않을 뿐더러 여전히 무한대의 가능성이 있다고 했다.

자신이 지금 발휘하고 있는 능력도 이게 최대치가 아닐 수 있는 것이다.

그렇게 또 새로운 가능성이 보이고 있었다.

Chapter. 05

능력을 자각했지만 아직 써먹을 수 있는 건 아니었다. 조금 더 다방면에서 찾아보고 또 연습해 봐야 했다.

그러나 상상만 해도 짜릿한 건 어쩔 수 없었다.

여하튼 그건 일단 뒤로 생각해 볼 문제이고 지금은 퀴즈쇼에 집중해야 했다.

건형은 손을 들어 올렸다. 이제 슬슬 코피가 멎고 있었다.

그러나 이것도 일시적일 터였다.

게다가 이미 과부하가 되어 있는 상태이기 때문에 또 퀴즈를 맞히기 위해 뇌를 사용하다 보면 코피가 지속적으로 발생할 수 있었다. 자칫 잘못했다가는 코피가 아니라 뇌출혈이 다시 일어날지도 몰랐다.

그런 일은 막아야 했다.

아무래도 3단계는 설렁설렁 해야겠다는 생각이 들었다. 굳이 모든 문제를 다 맞히지 않더라도 상금은 지급되는 것이니까.

그때였다.

장범수 MC가 3단계를 시작하기 직전 말을 꺼냈다.

"제가 한 가지 룰을 빼먹은 게 있었습니다. 이거 오늘 제가 여러 번 실수하는데요. 아무래도 역대 최고라고 할 수 있는 퀴즈의 신이 방송에 출연하셔서 그런 모양입니다."

건형이 어색하게 미소를 지어 보였다. 퀴즈의 신이라고 하기보다는 걸어 다니는 백과사전이 더 어울릴 터였다.

그렇다고 지금 나가서 그것을 밝힐 수는 없었다.

범수가 활짝 웃으며 마저 말을 이었다.

"다른 게 아니라 마지막 3단계에 관한 룰입니다. 이게 그러니까 이번 우리 프로그램의 왕중왕이 되기 위해서는 하나만 잘한다고 되는 건 아니지 않습니까? 일 단계에서부터 삼 단계까지 전부 다 우수한 성적을 거둬야 한다고 보거든요. 그렇기 때문에 한 가지 제약을 두기로 했습니다. 즉, 우승자는 매 라운드마다 다른 사람보다 더 하위권에 있으면 안 된다는 것입니다. 물론 건형 씨는 여기에 해당 사항이 없고요. 다른 분들은 아쉽지만 다음 번 기회를 기약해야겠군요."

이건 명백히 건형을 노리고 한 것이었다.

진명제 PD와 왕작가가 여기서 최후의 한 수를 꺼내 든 것이었다.

그들은 아까 건형이 코피를 쏟는 것을 보면서 컨디션에 문제가 온 게 아닌가 의혹을 갖게 되었다. 그리고 만약 컨디션이 좋지 않다면 열 문제 가운데 그래도 한 문제 정도는 실수를 하지 않을까 생각했다.

그래서 황급히 이 룰을 만든 것이었다.

한 명에게 상금이, 1억이나 2억도 아니고 20억 넘게 지급되는 건 아무래도 문제가 있었다. 방송국의 예산도 생각해야 했고 또 이 프로그램의 제작 비용도 염두에 둬야 했다.

만약 건형에게 우승 상금을 지급하게 된다면 '대한민국, 퀴즈에 빠지다!'는 여기서 문을 닫아야 할지도 몰랐다.

프로그램이 폐지될 수 있다는 의미였다.

그렇기 때문에 그들도 죽기 살기로 이 룰을 만들어서 범수에게 발표해 달라고 한 것이었다. 범수도 욕은 먹겠지만 자신이 메인 MC를 맡고 있는 이 프로그램이 폐지되면 안 된다는 생각에 총대를 짊어지기로 한 것이었고.

건형이 쓴웃음을 지었다.

아마도 코피가 터진 걸 보고 자신의 컨디션이 좋지 않아서 한두 문제 실수할지도 모른다는 생각에 이런 룰을 만든 거 같았다.

그런데 여기서 관건은 그들의 의도가 어찌 됐든 예상이 적중했다는 것이었다.

지금 건형의 컨디션은 좋지 않았다. 사실 컨디션이 좋지 않더라도 문제를 맞히는데 지장은 없었다.

다만 한 가지 골치 아픈 건 존재했다. 더 이상 이 능력을 사용할 수 없는 상황에서 자신의 능력만으로 열 문제를 전부 다 맞힐 수 있느냐.

이건 별개의 문제였다.

건형은 고개를 설레설레 저었다. 그가 무아지경 상태로 푼 퀴즈 중에서 그가 실제로 알고 있는 문제는 극히 적었다. 기껏해야 1단계에서 나온 스무 문제 중에서 대여섯 문제 정도 맞출 수 있을까 말까한 수준이었던 것이다.

하지만 프로그램의 룰이 그렇다는데 거절할 수 있는 것도 아니었다.

여하튼 이제 건형과 방송국 간의 싸움이 되어 버리고 말았다.

그와 함께 곧장 문제가 출제되었다.

혹시 아침 일찍 일어나서 MLB를 본 적이 있는가.

미국 메이저리그 LA다저스에서 뛰고 있는 유현진이 있다. 사람들은 아침 일찍 그가 공을 던지는 걸 보면서 스트라이크를 찔러 넣어 삼진아웃을 잡을 때면 통쾌함을 느끼고 반면에 포볼로 주자를 내보내거나 안타 혹은 홈런을 맞게 되면 상실감을 느끼게 된다.

건형을 바라보는 시청자의 마음도 그와 같았다.

1단계를 진행할 때만 해도 그들에게 건형은 그냥 퀴즈를 잘 푸는 사람 정도였다.

그러나 1단계가 끝났을 때 건형의 위상은 퀴즈를 잘 푸는 사람 정도에서 퀴즈의 달인으로 올라서 있었다. 그리고 2단계, 건형이 최고 배수의 숫자카드를 뽑아 들었을 때 모든 사람들이 환호했다.

시청자 게시판에 '정의 구현'이라는 제목을 단 글들이

줄지어 올라온 것도 그것 때문이었다.

그들에게 방송국의 예산 사정은 알게 못 됐다. 중요한 건 전설이 탄생하는 걸 직접 볼 수 있느냐 그렇지 못하냐였다.

이제 3단계 하나 남았다.

여기서 결정이 나게 될 것이다.

건형이 역사상 처음으로 단 한 번도 문제를 틀리지 않고 모든 문제를 정답으로 맞히면서 우승을 할 수 있을지 그렇지 않을지.

일부 연예 기획사들도 발 빠르게 움직였다. 명준보다 훨씬 더 상업성이 뛰어난 사람이 나타났다. 명준만큼 잘 생긴 건 아니지만 선이 고운 미남형이었다. 키도 크고 몸도 늘씬한 게 잘만 꾸민다면 확실히 통할 만한 외모와 몸매였다.

게다가 그는 이미 화제성을 갖고 있었다.

그것은 연예 기획사들이 놓칠 수 없는 그런 매력들이었다.

그러나 건형이 그런 것들을 알 리 없었다.

그에게 중요한 건 과연 이 3단계를 어떻게 통과하느냐 하는 것이었다.

전부 다 맞출 것인가 아니면 실력대로 풀 것인가.

실력대로 푼다면 끽해야 한두 문제 맞히는데 그칠 것이

다.

상금도 물 건너갈 확률이 높았다.

그렇다고 해서 무리를 한다고 하면?

뇌에 과부하가 더 갈 게 분명했다. 자칫 잘못하면 뇌출혈
이 다시 일어날 수도 있었다.

지금 그는 너무 무리하게 자신의 능력을 쓴 상태였다. 최
대한 휴식을 취해 둘 필요성이 있었다.

그렇게 고민하는 사이 3단계가 시작됐다.

제일 먼저 문제를 풀게 된 건 1등을 달리고 있는 건형이
었다.

사람들의, 시청자들의 이목이 건형에게 집중됐다.

어느덧 시청률은 역대 최고 시청률을 갱신한 것을 훌쩍
넘어 30%에 육박해 있었다. 퀴즈쇼가 이 정도 시청률을 기
록한 건 전무후무한 일이었다.

문제는 이 시청률이 꾸준히 유지되는 게 아니라 오늘 하
루에 한해서 반짝할 시청률이라는 게 문제였지만.

한 문제당 1,000만 원의 상금이 걸려서 그런지 몰라도
아니면 작가들이 뒤늦게 문제를 훨씬 더 어려운 것으로 준
비해서 그런지 모르겠지만 하나같이 까다롭기 이를 데 없
었다.

본래 실력으로 풀었다면 절대 못 풀었을 문제들만 수두 룩했다.

머릿속에는 분명 백과사전이 담겨 있긴 했다. 그것을 끄 집어내는 것도 가능했다.

그러나 그것을 응용하려면 능력을 써야만 했다. 능력을 쓰지 않고 머릿속에 들어 있던 지식을 끄집어내는 건 기억 의 메커니즘상 불가능했다.

어제저녁에 먹은 건 누구나 떠올릴 수 있지만 작년 3월 10일에 먹은 걸 떠올릴 수 있는 사람은 없다.

오랫동안 잊고 있던 기억을 떠올리려면 트리거 포인트라 는 게 필요한데, 해당 기억과 직결되는 연결고리 같은 요소 이다.

예를 들면 작년 3월 10일에 대해선 아무것도 기억하지 못하더라도 3월 11일이 생일이었다면? 기억력이 좋은 사 람이라면 작년 생일을 먼저 떠올린 후 그 전날의 기억으로 거슬러 올라갈 수도 있다.

혹은 기억력이 괴물같이 좋은 사람이라면 어제의 전날, 그 전날의 전날, 그 전전날의 전날 같은 식으로 거슬러 올 라가서 떠올릴 수도 있다.

하지만 첫 키스의 상대, 어린 시절 처음으로 날 때렸던 사람, 처음으로 사귄 친구 같은 기억은 오랫동안 잊고 있었더라도 번개처럼 떠올릴 수 있다.

그게 바로 트리거 포인트이다.

지금 건형이 머릿속에 저장돼 있는 온갖 지식을 곧바로 떠올리면서 정답을 맞히는 것도 문제가 실시간으로 나오는 즉시 거기에 해당되는 온갖 기억들을 동시다발적으로 검색하고 추려내며 확정시켜 가기 때문이었다.

한마디로 3월 10일이라는 소리를 들으면 그날 있었던 모든 지식을 동시에 떠올리고, 다음 단어가 나오면 해당 단어와 연관되는 지식만 추려 내는 과정을 실시간으로 반복하고 있는 것이다.

즉, 지금 건형은 구글 검색 엔진만의 특색인 실시간 검색을 능력을 통해 자신의 뇌로 실현하고 있는 셈이었다.

결국 건형은 어찌어찌 일곱 번째 문제까지 맞혔다.

그럴수록 시청자들의 환호성도 커져가고 있었다.

방청객들도 두근거리는 마음을 감추지 못한 채 건형을 응시했다. 점점 더 그가 크게 느껴지고 있었다.

단순히 20억이라는 상금을 탄다는 것 때문이 아니라 헤아릴 수 없는 그의 무한한 지식 때문이었다.

여덟 번째 문제.

처음으로 건형이 망설이기 시작했다.

확실히 어려운 문제였다. 수학 문제를 냈더니 수학자가 아니고선 풀 수 없는 그런 문제를 출시했다. 방청객은 물론 시청자들은 문제를 제대로 이해하지도 못했다.

RE : 저거 일부러 그러는 거 아니야?

RE : 와, 방금 뭐라고 한 거야? 무슨 괴상한 외계어로 물어보는 거 같았는데.

RE : 장범수 봤어? 문제 내다가 본인도 쩔쩔매던 거.

RE : 그러게. 여덟 번째 문제가 이 정도면…….

그러는 사이 장범수 MC가 아홉 번째 문제를 제출했다.

그리고 마지막 열 번째 문제.

장범수가 힘 있는 목소리로 물었다.

"마지막 열 번째 문제입니다."

드디어 마지막 문제 차례.

여기서 건형이 맞춘다면 21억 가까이 되는 상금을 받게 된다.

맞히지 못해도 상금 액수는 비슷하다.

다만, 모든 문제를 맞혔느냐 그렇지 않느냐에서 차이가 생길뿐이다.

역대 퀴즈쇼 중에서 가장 어려운 문제들을 한 문제도 틀리지 않고 완벽히 푼데다가 상금도 20억이 넘어간다.

이미 대형 포털 사이트는 그에 관련된 기사들로 도배 되다시피 하고 있었다.

건형이 자주 들락날락했던 Y도서관 사서들도 멍한 얼굴로 텔레비전을 보고 있었다. 그건 Y도서관을 평소 즐겨 이용한 사람들도 마찬가지였다.

텔레비전에 며칠 전까지만 해도 자주 보던, 솔직히 말하면 미치광이로 생각했던 사람이 나와서 역대급 이변을 만들고 있다니.

믿기지 않는 일이었다.

사서 한 명이 혼잣말로 중얼거렸다.

"진짜 말 같지도 않은 일이 존재하는구나."

문득 그가 떠올렸던 건 한 블로그에서 본 일화였다.

우리나라의 한 교수님에 관한 실화였는데 학회에서 발표할 일이 있어서 영어로 된 논문을 준비해 갔었다.

그런데 학회가 이탈리아에서 열리다 보니 영어보다는 이탈리아어로 발표를 하는 게 더 나을 거 같다는 말에 다들 곤혹스러워했었다.

그러나 정작 그 교수는 당황해하기는커녕 이틀 동안 이탈리아어를 독학하더니 학회 당일 이탈리아어로 발표했고

이탈리아어로 질문을 해오는 학자들한테도 이탈리아어로
대답했다는 믿지 못할 실화가 있었다.

'어쩌면 저 사람도 가능할지도.'

건형의 상태는 좋지 못했다. 얼굴 곳곳에 송골송골 땀방
울이 맺혀 있었고 무척 피곤한 상태였다. 최대한 뇌의 과부
하를 피하고자 했는데도 그게 어려웠다. 자칫 잘못했다가
는 또다시 피가 흘러나올 거 같았다. 지금은 임시로 지혈을
해 둔 거였고 이건 오랜 시간 푹 쉬어 둬야만 했다.

그렇지 않고 계속 이 능력을 사용했다가는 뇌출혈 혹은
쇼크가 일어나거나 그게 아니면 심장마비로 급사할 수도
있었다.

최악의 상황을 놓고 한 가정이지만 실제로 실현될 가능
성도 적지 않다고 봐야 했다.

마지막 문제를 풀 시간이 됐다.

장범수가 뭐라 하는 소리가 희미하게 들렸다. 그러나 확
실치는 않았다. 마치 귀에서 웅웅거리는 듯했다.

어쩔 수 없이 손을 책상에 짚고 화면을 확인했다. 흐릿하
게나마 글씨가 눈에 들어왔다.

"네, 박건형 씨. 정답을 말씀해 주십시오."

"자, 잠시만 기다려 주십시오."

범수가 고개를 끄덕였다. 그리고 진 PD를 힐끗 보며 눈길을 보냈다.

'괜찮은 거 맞아?'

'일단 진행해요. 생방송이라 어떻게 할 수도 없어요.'

'일단 기다려 볼게요.'

범수는 참을성 있게 건형이 대답하길 기다렸다. 처음에야 완전 프로그램 하나 말아먹었다고 생각했지만 지금 와서는 그도 '퀴즈의 신'을 본다는 생각에 두근두근 설레어 하고 있었다.

여태껏 수많은 프로그램의 메인 MC를 맡아 봤다. 개중에는 퀴즈쇼도 많았다. '대한민국, 퀴즈에 빠지다!'를 진행하기 전에도 여러 퀴즈쇼 프로그램의 진행자로 나섰던 때가 있었다.

그렇지만 이렇게 압도적인 실력을 보여준 참가자는 단한 명도 없었다.

이건 무슨 퀴즈의 신이 그야말로 강림한 거 같았다.

솔직히 말하면 저 남자의 머릿속을 들여다보고 싶었다.

얼마나 많은 지식이 살아 숨 쉬고 있는 건지 궁금했다.

건형이 정신을 집중했다.

마지막 한 문제였다.

이 문제만 맞히면 이제 쉬어도 될 터.

범수는 시간을 확인했다.

슬슬 제한을 둬야 했다.

그가 아쉬운 얼굴로 천천히 카운트다운을 세기 시작했다. 그리고 막 마지막 숫자인 1을 부르려 할 때였다.

그보다 한발 먼저 건형이 답을 말했다.

"박건형 씨, 정답을 맞히셨습니다. 이로서 처음으로 모든 퀴즈 문제를 다 맞히신 왕중왕전 초대 우승자가 탄생했습니다!"

펑펑—

폭죽이 터졌다.

환호성이 쏟아졌다.

건형은 자신에게 쏟아지는 온갖 카메라 세례를 받으며 천천히 눈을 감았다.

의식이 조금씩 멀어지고 있었다.

*　　　*　　　*

건형이 정신이 차린 건 하루가 지난 뒤의 일이었다.

그는 또다시 응급실에 실려 왔다. 그리고 지난번 건형을 수술한 경험이 있는 대학교수가 그를 맡았다.

이번에도 꼼꼼히 검사를 했지만 특별히 문제 될 부분은 보이지 않았다.

예전에 한 인턴이 발견했던, 뇌의 모든 영역이 붉게 물들었던 그런 괴이한 현상도 나타나지 않았다.

그 인턴은 얼마 전 당직을 서다가 계속 꾸벅꾸벅 졸은 탓에 선배들로부터 된통당하고 있었다.

어찌 됐든 환자의 상태는 양호했다.

일단 '대한민국, 퀴즈에 빠지다!' 제작진은 건형을 개인 병실에 입원시켰다. 생방송에 출연한 출연자가 갑자기 쇼크사라도 한다면 그 책임을 고스란히 져야 하는 건 프로그램의 몫이었다.

그것을 막기 위해서도 그가 안정되는 걸 지켜봐야 했다.

문제는 뒷일이었다.

시청률이 대박을 터트린 건 맞았다.

평균 시청률 32%에 건형이 마지막 정답을 맞혔을 때는 최고 시청률이 60% 가까이 치솟았었다.

대한민국 인구 10명 중 6명은 '대한민국, 퀴즈에 빠지다!'를 봤다는 이야기였다.

문제는 다음이었다.

과연 다음 주 방송에서도 이 정도 시청률이 나올 것인가?

그건 아마 어려울 터였다.

그들이 방송에 집중한 건 건형 때문이었다. 건형이 신기록을 세우느냐 마느냐 그 여부 때문에 방송을 본 것이지 다른 사람이 나온다면 흥미를 잃고 채널을 돌릴 게 뻔했다.

그래도 그가 가져다준 임팩트는 어마어마했다. 당장만 해도 몇몇 기업에서 광고 제의가 들어오고 있었다.

그러나 대부분 네임 밸류가 낮은 중견 기업들뿐이었다. 대기업들은 간을 보고 있었다.

다음 주 시청률을 보고 그 시청률이 일정 수준 이상 되어야 광고를 제의할 게 뻔했다.

그렇기 때문에 진명제 PD는 어떻게든 건형을 방송에 고정 출연시킬 생각이었다.

역할은 무엇이든 좋았다.

패널도 되고 MC도 가능했다.

그와 왕작가가 생각하는 역할은 도우미 패널이었다. 참가자가 어려운 문제에 직면했을 때 도우미 찬스를 쓰게 되면 건형이 그 문제의 풀이를 도와주는 그런 역할이었다.

이 정도면 어느 정도 시청자들의 눈길을 계속 끌 수 있을 터였다.

정말 그 사람이 못 맞히는 문제가 있을까? 혹시 그런 문제가 나오지 않을까? 하는 그런 궁금증이 일어날 게 분명하기 때문이다.

여하튼 그들의 생각을 뒤로 한 채 건형은 쥐죽은 듯 개인 병실에 누워 계속 잠을 자고 있었다. 그렇지만 잠만 자고 있는 건 아니었다.

그는 하나의 꿈을 꾸고 있었다.

꿈속에서 건형이 만난 건 내면의 세계였다.

내면의 세계는 너무나도 거대했다. 그야말로 끝을 알 수 없는 어마어마한 바다를 헤엄치는 것만 같았다.

사방이 넓게 뚫린 평지를 계속해서 걸어가는 듯했다.

그런 내면의 세계 한편에는 커다란 책장이 잔뜩 쌓여 있었다. 그리고 그 책장을 메우고 있는 건 수많은 책들이었다.

'내가 쓰고 있는 게 고작 이 정도뿐이었구나.'

책장에 꽂혀 있는 것은 건형이 학교의 중앙도서관에서 읽었던 이십만 권의 장서들이었다.

그렇게 많은 양인데도 이 내면의 세계에 비하면 바다에 떨어트린 한 방울의 물만도 못했다.

그 정도로 이 세계는 어마어마했다.

'고작 이만큼 써 놓고서 그렇게 힘들어했다니.'

건형은 자신이 잘못 생각했다는 걸 깨달았다.

뇌의 힘을 사용하기 위해서 가장 필요한 건 신체를 단련하는 일이었다.

이 힘을 사용할 수 있을 만큼 신체를 단련해야지만 보다 더 많은 뇌의 힘을 끌어낼 수 있었다.

지금 그가 쓰고 있는 건 빙산의 일각에 불과했다.

그렇게 생각하자 하나둘 목표가 잡히기 시작했다.

우선 첫 번째는 신체를 단련하는 것이었다. 그리고 두 번째는 신체를 단련한 뒤 자신이 해낼 수 있는 한 최대치로 이 힘을 사용해 보는 것이었다.

두 가지의 목표를 세우자 마음이 후련해졌다.

그동안 어떻게 된 일인지 몰랐는데 조금이나마 자신의 힘의 원천을 알게 됐다고 생각하니 가슴이 벅차오르는 듯했다.

이렇게 강대한 능력을 얻게 됐다는 것 때문이었다.

'끝을 헤아릴 수 없는 이 안의 모든 힘을 끌어다가 쓸 수

있으면 어떻게 될까?'

물론 그의 생애 내에 불가능한 일일 수도 있다.

인간은 아직도 우주의 비밀을 밝혀내지 못했다.

기껏 해 봤자 태양계에 무인 우주선을 보낸 게 전부였다.

그런 상황에서 우주보다 더 넓게 느껴지는 이 내면의 세계를 정복할 수 있다고 말할 수 있을까?

그렇지만 포기할 생각은 없었다.

어떻게든 이 세계를 정복해 보기로 마음먹었다.

이 세계는 어디까지나 자신의 세계였으니까.

'크읍.'

그렇게 다짐하고 깨어났을 때 건형은 머리에서 느껴지는 가벼운 통증에 움찔했다.

그날 꽤나 무리한 탓에 적지 않은 통증이 느껴지고 있었다.

주변을 돌아보니 온통 새하얀 게 병원 안인 듯했다. 아직 밤인 듯 바깥은 어두웠고 불은 모두 꺼져 있었다.

침대에서 일어나 벽면에 등을 기댄 뒤 건형은 입가에 미소를 그렸다.

사실 그에게 중요한 건 퀴즈쇼를 우승해서 받게 될 상금이 아니라 자신의 능력의 비밀을 알아냈다는 것이었다.

생각보다 능력을 발휘하는 건 간단했지만 한편으로는 어려웠다. 얼마큼 신체를 단련해야 그 능력을 쓸 수 있는지도 아직 알지 못했다.

이것은 꾸준히 알아봐야 했다. 그렇다고 무협 소설처럼 산속에 들어가서 수련하는 건 불가능했다.

어머니를 돌봐야 했고 집을 나간 여동생도 찾아야만 했다. 또, 대학교도 졸업해야 했다.

대학교를 휴학하고 수련을 하러 갔다가는 어머니가 제명에 못 살고 돌아가실지도 모를 일이었다.

앞으로 해야 할 일이 무엇일지 하나둘 정리하기 시작하자 슬슬 방향이 잡히는 거 같았다.

'그건 그렇고 상금은 어떻게 해야 하려나.'

그러다가 문득 상금에 생각이 미쳤다.

못해도 대략 20억 정도는 상금으로 받게 될 거 같았다.

세금을 떼고도 이 정도 액수라니.

아마 한동안 인터넷은 이걸로 도배될 듯싶었다.

잘못했다가는 학교생활이 영 꼬일 거 같은 느낌이 들었다.

그래서 휴대폰도 켜지 못하고 있었다.

휴대폰을 켜자마자 수십 군데에서 연락이 올 거 같았기 때문이다.

그러다가 엄마한테 생각이 미쳤다. 혹시 친척들 중에서 누가 엄마한테 돈 빌려달라고 찾아오진 않을까, 혹은 가출한 여동생이 돈 내놓으라고 하지 않을지 그게 염려됐다.

건형은 휴대폰 전원을 켰다.

전원을 켜고 얼마 지나지 않아 수천여 통의 문자가 보였다. 카톡도 수백여 건 쌓여 있었다.

인맥이라고 해봤자 대학교 동기나 선후배 몇 명에 고등학교 동창 몇 명, 가족, 친척들이 전부였는데 이렇게 많은 문자가 쌓여 있을 거라고는 생각지도 못했었다.

건형은 하나둘 문자 내용을 확인해 봤다.

대부분 영양가 없는 것들이었다. '그동안 잘 지냈냐?', '언제 한번 시간 내서 만날 수 있겠냐?', '부탁이 있는데 들어줄 수 있겠냐?' 등 안부를 묻는 게 많았다.

친척들의 반응도 그와 비슷했다. 그가 어렵게 생활할 때만 해도 눈 한 번 비추지 않던 친척들인데 어떻게 그 퀴즈 쇼 나와서 상금 벌었다고 이렇게 태도가 싹 바뀌는 건지 역시 사람 마음이라는 건 간사하기 이를 데 없었다.

건형은 일단 그런 문자들은 깡그리 지워 버렸다.

그러자 남는 건 엄마하고 몇몇 친한 친구들의 문자들 뿐이었다.

카톡도 비슷했다.

그러다가 눈길이 가는 문자가 하나 있었다.

엄마를 제외하면 사실상 그가 생각하는 하나뿐인 피붙이, 여동생이 보낸 문자였다.

[나 좀 도와줘.]

여동생이 보낸 문자는 짧고 굵었다.

그러나 신경이 갈 수밖에 없었다.

그래도 하나뿐인 피붙이다. 그리고 감감무소식인 여동생을 어떻게 찾아야 하나 고민이 많았는데 이렇게 먼저 연락을 줬다니 그로서는 다행인 일이었다.

건형이 답장을 작성해서 보냈다.

[어딘데? 만나서 이야기하자.]

급했던 걸까? 곧장 답장이 왔다.

[만날 필요는 없고 도와줄 수 있어? 없어? 그것만 말해.]

건형이 한숨을 길게 내쉬었다. 여기서 도울 수 없다고 하면 바로 문자를 씹어 버릴 게 분명했다.

결국 그가 선택할 수 있는 방법은 하나뿐이었다.

[알았어. 도와줄게. 그러니까 무슨 일인지 그것부터 이야

기해.]

　[돈이 필요해. 많이.]

　결론은 돈이었다. 조금 씁쓸한 기분이 들었다.

　어떻게 해야 할까.

　건형이 머리를 긁적였다. 이렇게 지금 당장 고민해 봤자 해결되지 않을 문제였다.

　현재 그는 수중에 돈이 얼마 없었다.

　학비를 어떻게 마련해야 하나 고민하던 입장이 아니었던가.

　물론 퀴즈쇼에 나가서 상금을 탄 건 맞다.

　그러나 그 상금이 바로 지급되는 게 아니다. 빨라야 2주 정도는 걸린다고 알고 있다.

　상금 액수도 많은 편이라 더 늦어질지도 모를 일이었다.

　[퀴즈쇼 상금 때문에 그래? 미안한데 그 돈은 지금 당장 없어. 빨라야 2주 뒤? 그때나 받게 될 거야.]

　[그럼 됐어.]

　정말 간결하고 냉정한 답장이었다.

　그 뒤로 더 이상 문자는 오지 않았다.

　혹시나 해서 전화를 걸어봤지만 이미 휴대폰은 꺼져 있는 상태였다.

"하…… 돌아버리겠네."

어쩔 도리가 없었다. 이렇게 휴대폰을 꺼 버리면 그로서도 그녀하고 연락할 방법이 없어져 버리는 셈이었다.

"도대체 얘를 어떻게 하지."

복잡한 생각에 빠져 이런저런 생각을 하는 사이 어느덧 시간이 훌쩍 지나갔다.

서서히 동이 터 오고 있었다.

아침이 다가올 무렵 병실 문을 열고 사람들이 들어왔다. 지난번 자신을 수술한 경력이 있는 그 대학교수와 방송국 사람들이었다.

"박건형 씨, 정신은 드십니까?"

"아, 네. 정신은 들었는데 어떻게 된 일이죠?"

"생방송 도중 쓰러지셔서 정말 깜짝 놀랐습니다. 괜찮으신 거 맞으시죠?"

"죄송합니다."

방송국 사람들은 설레설레 손사래를 쳤다. 건형 몸에 문제가 있나 생각했는데 그게 아닌 걸 보니 한결 우려를 덜 수 있었다.

그때, 건형을 수술했던 대학교수가 나와 말했다.

"건형 씨, 최근 들어 혹시 무리하게 무언가를 한 적이 있으십니까? 특히 뇌를 과도하게 혹사시켰던가 하는 그런 거 말입니다."

건형이 곰곰이 생각에 잠겼다.

그런 일이야 많았다.

퀴즈쇼에 참가해서 줄곧 퀴즈를 푼 것도 그렇고 도서관에서 사나흘 동안 계속 틀어박혀 책만 읽었던 것도 그렇고.

그렇다고 그걸 곧이곧대로 이야기할 수는 없었다.

그때, 퀴즈쇼 관계자들은 하나같이 얼굴이 새하얗게 질리고 있었다. 그들로서는 건형의 상태를 모르는 이상 건형이 퀴즈쇼를 오래한 것 때문에 그런 일이 생겼다고 오해할 수밖에 없었다.

이럴 거였으면 최근 뇌수술을 받은 것을 핑계 삼아 퀴즈쇼에 참가하는 걸 막았을 걸 하는 생각이 들었다. 그랬으면 21억이라는 상금을 주지 않아도 되는 거였고.

이래저래 꼬인 일이었다.

"당분간 안정에 신경을 쓰셔야 합니다. 뇌는 아직 연구가 덜 된 분야라서 우리들도 정확하게 진단을 내릴 수는 없습니다. 다만, 뇌가 많이 혹사당한 거 같습니다. 그로 인해 순간 뇌가 과부하가 걸리면서 뇌압이 올라간 게 아닌가 싶습니다. 위험한 순간은 넘겼지만 조심하셔야 합니다. 거기

에 몸도 무척 안 좋아졌고요. 운동을 하시는 것도 나쁘지
않을 거 같습니다."

"예, 감사합니다."

대학교수가 병실에서 나가고 퀴즈쇼 관계자들이 남았다.

교양국 국장하고 담당 PD인 진명제, 그리고 왕작가 이렇
게 셋이었다.

먼저 말문을 연 건 교양국 국장이었다.

"우선 우승하신 걸 축하드립니다. 우승자가 쓰러지는 바
람에 뒤풀이가 애매해졌지만 어쩔 수 없는 일이긴 했습니
다."

건형이 머리를 긁적였다. 엄마한테 온 부재중 통화가 꽤
많이 신경이 쓰였다. 아마도 방송을 보다가 놀래서 전화한
게 틀림없었다. 이야기가 끝나는 대로 전화를 드려야겠다
고 생각했다.

"이렇게 찾아뵙게 된 건 상금에 대해서 이야기할 것도
있고 또, 앞으로의 일 때문입니다."

'앞으로의 일?'

건형이 고개를 갸웃거렸다. 이미 퀴즈쇼는 끝이 났다.
즉, 더 이상 그들은 아무 관계도 없다는 이야기였다. 그런
데 앞으로의 일에 대해 딱히 나눌 만한 이야기가 있을까.

그 점이 의문스러웠다.

그가 웃으며 말했다.

"이번에 우리 프로그램이 대단히 좋은 성적을 거둔 건 사실입니다. 시청률이 평소보다 훨씬 더 높게 나왔으니까요. 그러나 이건 단발성에 지날 가능성이 높습니다."

"제가 출연했기 때문이라고 생각하시는 거군요."

"그렇습니다. 다음 방송부터 건형 씨가 나오지 않는다면 시청률은 금세 수직 하락할 가능성이 높습니다. 화제성을 잃어버렸기 때문이죠."

"그러면 제가 앞으로 계속 방송에 출연하셨으면 좋겠다는 말씀이십니까?"

교양국 국장이 고개를 끄덕였다.

"그렇습니다. 참가자로 출연해 달라는 이야기는 아닙니다. 이미 상금도 두둑이 받으셨으니 굳이 참가자로 출연할 필요는 없으실 테죠. 그보다는 패널로 참가하셨으면 합니다. 아니면 보조 진행자로 출연하셔도 될 테고요."

흥미가 당기는 제안이었다.

책을 읽어서 지식을 쌓는다고 해도 그것만으로 지식이 채워지진 않는다.

경험이라는 게 있다.

현장에서 쌓이는 지식이 또 남다르다는 이야기다.

여기서 방송에 출연하게 된다면 이런저런 지식을 쌓을 수 있게 될 것이다.

그것은 결과론적으로 건형에게 많은 도움을 가져다줄 게 분명했다.

그렇지만 한 가지 걸리는 문제가 있었다.

"저도 방송 출연을 하고 싶지만 그렇게 할 수 없겠네요."

"출연료 문제라면 적절하게 맞춰 드릴 수 있습니다."

"그게 아니라 졸업이 우선 순위라서요. 내년에 졸업하려면 학업에 매진해야 하는데 방송 출연을 하다가 학업에 지장이 갈까 염려됩니다."

"……."

학업에 걸림돌이 된다는데 뭐라 할 말이 없었다.

교양국 국장이 얼떨떨한 얼굴로 그를 쳐다봤다. 어떻게 말해야 할지 애매했다. 강행하고 싶지만 본인이 나오고 싶지 않다는데 억지로 나오게 할 수도 없는 일이었다.

"일단 조금 더 생각해 주십시오. 어차피 수요일 방송이라 녹화는 주로 매주 주말에 하는 편입니다. 그러면 학업에도 지장이 안 갈 테고 여러모로 서로한테 이득이 되는 일일 수 있을 겁니다."

"생각해 보겠습니다."

건형이 선을 그었다.

교양국 국장이 고개를 설레설레 저었다.

두 사람의 대화를 묵묵히 듣고 있던 진명제 PD가 나섰다.

"건형 씨, '대한민국, 퀴즈에 빠지다!'의 담당 PD인 진명제라고 합니다."

"아, 예. 박건형입니다."

"정말 예상 외였습니다. 모든 문제를 한 참가자가 독점할 거라고는 예상도 하지 못했거든요."

"칭찬으로 받겠습니다."

"덕분에 시청률도 오르고 화제몰이도 했지만 어차피 이건 몇 주 못 갈 게 분명합니다. 건형 씨가 우승을 했으니 응당 챙겨야 할 몫은 맞습니다. 그러나 저희도 정말 많은 피해를 감수해야만 합니다. 그 점을 십분 헤아려 주셨으면 감사하겠습니다."

건형이 애매한 얼굴로 그를 쳐다봤다.

자신보다 스무 살은 더 많아 보이는 사십 대 중반의 아저씨가 하는 말에 마음이 흔들렸다.

자신이야 우승 상금을 1억 정도로 예상하고 간 거였는데 초대 우승자인 김명준이 출연하게 되면서 졸지에 왕중왕전이 되어 버렸고, 상금 규모도 그렇게 되면서 비약적으로 커진 게 없지 않아 있었다.

물론 그렇게 생각한다면 프로그램 관계자들은 역정을 낼 게 뻔했다.

1단계에서 어느 누구 한 참가자가 모든 문제를 맞출 거라고 생각하겠는가.

사람이다 보니 기억력에 어느 정도 한계가 있을 수밖에 없고 모든 분야를 다 안다는 건 불가능한 일이었다.

그런데도 건형은 그 일을 해냈고 지금도 N모 사이트나 D모 사이트 등 대형 사이트의 검색어 순위에 올라가 있었다.

오죽하면 '화제의 인물'로 선정돼서 프로필까지 걸렸으니 두 번 말하면 입이 아플 정도였다.

"고민해 보겠습니다. 주말에 녹화하는 거라면 괜찮을 수도 있겠네요. 녹화 시간이 얼마나 오래 걸리느냐가 중요하겠지만요."

"감사합니다. 한번 꼭 생각해 주셨으면 합니다."

그들이 돌아가고 나자 병실이 썰렁해졌다.

건형은 제일 먼저 엄마한테 전화를 걸었다. 어젯밤 걸려온 수십여의 부재중 통화가 눈에 밟혔다.

신호음이 몇 번 가기도 전에 엄마가 전화를 받았다. 걱정과 불안, 염려, 초조 등 온갖 감정들이 그대로 느껴지는 듯했다.

[아들, 괜찮은 거야? 다친 데 없어?]

"괜찮아요. 약간 무리했나 봐요. 걱정하지 않으셔도 돼요."

[그러게. 무슨 퀴즈쇼를 나갔어. 평소 퀴즈하고는 담 쌓고 살던 녀석이.]

"그래도 우승했잖아요. 상금도 받는다니까요?"

[그거야 좋지만…… 근데 정말 20억인가 그렇게 큰돈을 받는 거니?]

"이야기해 봐야겠지만 아마 그럴 거 같아요. 저도 그렇게 큰돈을 벌 거라고는 생각해 보지도 못했는데 운이 좋았어요."

[운도 다 평소 네 행실 따라 쫓아오는 거야.]

그 뒤에도 건형은 엄마와 이런저런 이야기를 나눴다. 그런데 이야기를 나누는 중 엄마 목소리에서 영 께름칙한 무언가가 느껴졌다.

의아한 생각을 하고 있던 건형이 조심스럽게 물었다.

"무슨 일 있어요?"

[아, 별일 아니야. 걱정하지 않아도 돼.]

그러나 좋지 않았다. 아무래도 확인하고 넘어가야 할 거 같았다.

"무슨 일이에요. 말해 보세요."

[사실은…….]

몇 번이나 끈질기게 물어봤다. 그제야 엄마가 조심스럽 게 이야기를 꺼내 놓기 시작했다.

역시 돈 문제였다.

혹시 했는데 그게 들어맞고 말았다.

그가 퀴즈쇼에 우승한 직후 평소 전화라고는 한 통화도 안 오는 집에 수십여 통의 전화가 날아들었다고 한다.

전화를 건 사람은 대부분 친척들이었다. 친척들은 엄마 한테 우승 상금을 받게 되면 어디에 쓸 건지, 혹시 돈을 빌 려줄 수 있는지, 심지어는 돈을 내놓으라고 이야기까지 했 다고 한다.

평소 눈 한 번 깜짝하지 않던 친척들은 자신한테 문자를 남겨둔 걸로 모자라 엄마한테 전화를 해서 사정사정하며 부탁을 하고 있던 것이었다.

건형은 새삼 로또 당첨자들이 왜 자신의 신원을 밝히지

않는지, 그리고 왜 로또가 당첨되면 해외로 이민 간다고 하는 건지 그 이유를 알 수 있었다.

"에휴. 그냥 무시하세요. 어차피 제 돈인데 그 사람들이 어떻게 못해요. 걱정하지 말고 집에서 푹 쉬고 계세요. 일 다니지 마시고요."

[으, 응? 아들. 엄마 일 다니는 거 알고 있었어?]

건형이 눈시울을 붉혔다.

당연히 모를 리가 없었다.

매주 보내주는 용돈. 땅을 판다고 돈이 나오는 것도 아니고 결국 틈틈이 일을 하고 있다고 봐야 했다.

누가 모르겠는가.

"모를 리가 없잖아요. 그러니까 일 그만 다녀요. 제가 매달 용돈 보내드릴게요."

[……미안해. 아들.]

"엄마가 미안할 게 뭐 있어요. 아영이도 제가 어떻게든 찾아서 데려올 테니까 걱정하지 마세요."

[부탁할게, 아들.]

아영은 건형의 여동생 이름이었다.

점심시간이 되기 전 건형은 퇴원을 할 수 있었다. 홀가분

한 얼굴로 병원에서 나온 뒤 건형은 곧장 민수한테 전화를
걸었다.

얼마 지나지 않아 민수가 전화를 받았다.

"민수 형, 저예요. 건형이에요."

[어, 그래. 임마, 축하한다! 대박 터트렸더라?]

"하하, 고마워요. 형. 그냥 운이 좋았어요."

[운이 좋기는. 무슨. 임마, 그게 운이 좋다고 될 일이냐?
어쨌든 그래도 네가 내 체면 살려줘서 고마웠다.]

"네? 그게 무슨 말이에요?"

[그럴 만한 일이 있어. 그보다 어디냐? 밥이나 먹자. 물
론 네가 사는 걸로 하고.]

"하하, 네. 그렇게 할게요."

저녁 약속을 잡은 다음 건형은 지하철을 타기 위해 근처
역으로 향했다. 역 앞에서 지하철이 오길 기다리고 있을 때
였다.

주변이 시끌벅적해졌다.

건형이 주변을 둘러봤다.

자신을 둘러싸고 원이 하나 생겨나 있었다.

'무슨 일이지?'

건형이 의아해할 때였다. 원을 형성하고 있던 사람들 중

한 명이 건형에게 다가와 말을 걸었다.

"저기요. 죄송한데요."

"네?"

말을 건 사람은 십 대 후반의 예쁘장한 여자애였다. 그녀는 쑥스러움을 타는지 얼굴을 붉히면서도 애써 말을 이어 나갔다.

"혹시 이틀 전에 그 '대한민국, 퀴즈에 빠지다!' 거기 출연하신 분 맞아요?"

"아, 네. 마, 맞는데요."

"꺄아, 정말 대박! 저 사인 좀 해 주시면 안 돼요?"

"네? 왜, 웬 사인요?"

"그냥 이름만 적어 주셔도 돼요."

건형은 얼떨떨한 얼굴로 그녀가 건네는 펜을 잡아들곤 쓱쓱 사인을 해서 건넸다. 사인이라고 해 봤자 이름을 적은 종이를 건넨 건 전부였다.

그런데 그게 문제가 됐다. 그 뒤로도 여러 명이 다가와 사인을 요구한 것이다.

건형은 머리를 긁적였다. 도대체 왜 자신한테 사인을 받는 건지 몰랐다. 사인을 해 주는 건 주로 연예인이나 운동선수들 아니었던가?

결국 건형은 열한 번째로 사인을 받아가던 여자애를 붙잡고 물었다.

"저기요. 왜 사인을 받아가는 거예요?"

"아저씨, 아니, 오빠 되게 유명해요. 방송에서 보던 것보다 더 잘생긴 거 같아요. 같이 사진 찍으면 안 돼요?"

유명하다고 사인을 받아가는 걸까.

그러나 건형은 이미 치명타를 입은 뒤였다.

아저씨라니.

군대를 갔다 왔고 나이도 이제 스물넷이지만 아저씨라 불리기엔 아직 이르지 않은가?

그러나 그가 붙잡았던 애는 딱 봐도 중학생 아니면 고등학생으로 보이던 애였다.

어찌어찌 사인을 하고 사진까지 찍어주는 사이 지하철이 때마침 도착했다.

건형은 허겁지겁 지하철에 올라탔다.

그 뒤, 지하철에서 내릴 때까지 건형은 한동안 시달려야만 했다.

몇몇 사람들이 계속해서 그를 알아봤다.

텔레비전에 출연한다는 게 이만큼 파급력을 가질지는 몰랐다.

조만간 학교에 가게 되면 거기서 일어날 파장이 익히 예상이 됐다.

'이럴 줄 알았으면 퀴즈쇼 말고 다른 방법을 알아보는 건데.'

대한민국에서 가장 잘 나가는 퀴즈쇼라고 하지만 이렇게 많은 사람들이 알아보게 되고 또 불편해질 줄은 몰랐다.

건형도 연예인에 대한 막연한 동경 같은 건 있었다. 사람들이 알아보고 열광하고 그런 것이 내심 멋있어 보였던 적도 있었다.

그러나 막상 이렇게 본인이 그런 일을 겪어보고 그게 불편하게 느껴지기 시작하자 자신이 품고 있던 건 그야말로 막연한 동경에 불과했다는 걸 깨달았다.

지금 약간 이름이 알려진 것만으로 이 정도인데 만약 자신이 유명한 배우였거나 아이돌 가수였다면?

길거리를 그냥 걸어 다니는 것도 불가능했을 터였다.

그렇지만 건형은 이게 일시적이라는 걸 알았다.

어차피 이건 오래가지 않을 터였다. 그가 꾸준히 방송에 출연할 것도 아니고 더 이상 화제성을 불러일으키지도 않을 터였다.

한 1~2년 지나면 그런 일이 있었지, 라면서 잊혀질 게 분명했다.

'그럼 방송 출연을 고사해야겠네. 계속 이렇게 불편하게 지낼 수는 없으니까.'

아무래도 퀴즈쇼에 출연하는 걸 고사해야겠다고 생각한 건형은 바쁘게 집으로 향했다.

이틀 만에 돌아온 집은 여전했다.

먼지가 쌓인 집안을 대충 정리하고 나자 슬슬 저녁을 먹을 시간이 됐다.

건형은 대충 옷을 챙겨 입고 난 다음 약속장소로 향했다.

지난번 민수를 만났던 종로에서 다시 만나기로 했었다.

종로3가 역에 도착한 건형은 근처 벤치에 앉아 민수를 기다리기 시작했다.

휴대폰으로 음악을 들으며 노랫말을 흥얼거리던 건형은 계속해서 앞으로의 일에 대해 계획하고 있었다.

이번에 퀴즈쇼에 참가하면서 얻게 된 소득은 뇌의 영역을 자신이 컨트롤할 수 있을지도 모른다는 것이었다.

계속해서 뇌를 써서 과부하를 시키는 것보다는 짧게짧게 순간적으로 집중하는 것이 더 좋을 수도 있었다.

이번에는 자신도 모르게 무의식적으로 뇌를 쓰게 돼서 그게 과부하가 되어 버렸지만 효율적으로 이것을 바꾸는 것도 가능해질 수 있었다.

그것뿐만 아니라 단계별로 뇌를 사용할 경우 어떠한 이 능력을 발휘할 수 있을지 그것도 궁금했다.

이번에 도서관에서 책을 읽고 퀴즈쇼에 나가서 문제를 푼 건 엄밀히 말하면 지적 영역에 관련된 것이었다.

그밖에도 뇌는 다른 영역에도 영향을 미치고 있었다.

그것은 뇌의 구조와도 밀접한 연관을 갖고 있다.

뇌는 대뇌와 뇌간, 소뇌로 나눌 수 있다. 대뇌는 전두엽, 두정엽, 후두엽, 측두엽 네 부위로 나뉘며 뇌간은 간뇌, 중 뇌, 연수 세 부위로, 뇌간 뒷부분에는 소뇌가 자리하고 있 다.

여기서 대뇌의 전두엽은 인간의 의지, 상상력 등을 담당 하고 있다. 두정엽은 운동신경을 지배하며, 후두엽과 측두 엽은 인지를 관장한다. 여기서 후두엽은 시각을, 측두엽은 청각을 맡고 있다. 그밖에도 후두엽과 측두엽은 기억을 저 장하고 언어중추의 역할을 하기도 한다.

간뇌는 여러 기능의 균형을 조절하며 중뇌는 반사성 기 능을 조절하고 보행 같은 운동을 통제한다. 연수는 자율신 경의 핵이 존재하는 것으로 여러 내장기관의 작용을 조절 하는 곳이다.

소뇌는 몸의 균형을 유지하며 운동기능을 조절하는 역할을 맡고 있다.

또, 연합령이라는 것이 있는데 이는 두정연합령, 측두연합령, 후두연합령, 전두연합령, 운동연합령으로 나눠 볼 수 있다.

여기서 두정연합령은 감각정보를 분석하고 공간을 인식하며 측두연합령은 시각적으로 모양이나 얼굴의 특징 등을 인식하고 후두연합령은 측두연합령은 보완하며 시각 이외의 유용한 정보를 끌어내어 사물의 특징을 인식한다.

전두연합령은 사고, 학습, 추론, 계획, 의지, 반성, 감정 등을 담당하는 최고위 중추기능이고 운동연합령은 말 그대로 몸을 움직이도록 지시하는 실행 중추였다.

이렇듯 뇌는 다양하게 이루어져 있는데 건형이 자신의 의지로 이 뇌의 각 부분을 조종할 수 있게 될 수도 있고 그것을 일정 역량 이상 발휘하게 된다면 더한 초능력을 만들어 내는 것도 가능해질 수 있었다.

즉, 퀴즈쇼에 나와서 건형이 보여준 건 빙산의 일각에 불과하다는 이야기였다.

건형도 아직 자신의 능력의 한계가 어디까지인가 명확하게 알지 못하고 있었다.

여하튼 건형은 벤치에 앉아 이런저런 생각을 하며 시간을 보내고 있었다. 그리고 얼마 지나지 않아 민수가 종로3가 역에 도착했다.

예전에 만났던 그 광장으로 나온 민수는 건형이 어디에 있는지 짐작할 수 있었다.

사람들이 꽤나 많이 모여 있는 곳. 바로 저곳에 건형이 있을 듯했다.

예상대로였다.

건형은 벤치에 앉아 음악을 듣고 있었다.

고개를 숙인 채 무언가에 빠져 생각에 잠겨 있었다.

사람들은 그 주변을 얼쩡거리며 건형이 그 텔레비전 퀴즈쇼에 나온 그 사람이 맞나 확인하는 듯한 분위기였다.

민수가 그런 건형에게 다가갔다.

"야, 무슨 생각을 그렇게 해?"

자신을 건드는 몸짓에 건형이 이어폰을 빼며 고개를 들었다. 민수가 자신을 쳐다보고 있었다. 그리고 그 뒤에서 자신을 쳐다보고 있는 많은 사람들의 시선도 느껴졌다.

"아, 여기도 사람이 많네. 형, 일단 자리부터 옮겨요."

"어? 어, 그래."

두 사람은 황급히 종로3가를 벗어났다. 그렇게 어느 정도 그곳에서 벗어났을 때 민수가 건형에게 물었다.

"무슨 일이야? 비슷한 일이 있었어?"

건형이 지하철역에서 일어났던 일을 이야기했다.

그 말에 민수가 빵 터졌는지 웃음을 터트렸다.

"그럴 수밖에. 너 지금 N사이트에 검색어 1위하고 있는 거 알아?"

"네? 제가요?"

"그래. 임마. 퀴즈쇼 한 번 출연해서 로또 당첨금 타간 거나 다름없잖아. 거기에 네가 꺾은 게 누군지 생각해 봐. 아이돌 준비하던 김명준이잖아. 김명준 팬들도 너가 누군 지 되게 궁금해하던 눈치던데."

"형, 이상한 생각하는 거 아니죠?"

건형이 민수를 노려봤다. 아무래도 무언가 분위기가 영 수상쩍었다.

설마라고 생각했지만 설마가 사람 잡는 때가 종종 있었 다.

"걱정하지 마. 임마. 그냥 농담이야. 그보다 밥이나 먹으 러 가자. 우리 부자 동생이 밥 사준다는 말에 내가 여태 굶 고 있었다."

"네? 누가 산다고 했어요? 더치페이 아니었어요?"

"더치페이라니! 20억이나 벌었으면서 너무하는 거 아니야?"

"아직 받지 못했어요. 그거 수령하려면 최소 이 주는 넘게 걸려요. 지금은 땡전 한 푼 없다고요."

"…… 괜히 기대했네. 나는 또 너가 무슨 고급 레스토랑에 데려갈 거라고 믿고 있었네."

"꿈 깨세요. 무슨 고급 레스토랑이에요. 그런 데 갔다가 사레 들려서 체하고 나올걸요? 그러지 말고 그냥 돼지고기나 구워 먹죠."

"……에휴. 그래, 꿈 깨야겠다. 알았어. 앞장 서. 그래도 너가 사는 거다. 알았지?"

"알았어요. 그렇게 할게요."

그렇게 단골집에 도착한 두 사람은 돼지고기 3인분을 일단 시킨 다음 소주부터 한 잔씩 나눠 가졌다.

"건배!"

"건배!"

술잔이 마주쳤다.

건형이 환하게 웃으며 말했다.

"저도 그렇게 잘 풀릴 줄은 몰랐어요. 정말이에요."

"나도. 내가 자주 다니는 사이트에 그 퀴즈쇼 중계 글이 올라왔더라고. 그래서 다들 우승 후보가 누구냐고 물어보길래 내가 너라고 했지. 그러니까 사람들이 나를 무슨 멍청이로 취급하더라니까? 그러다가 네가 1단계에서 계속 문제 다 맞히는 거 보더니. 크큭, 나중에 어떻게 된 줄 아냐?"

"어떻게 됐는데요?"

"성지순례라면서 막 댓글 달린 거 있지. 기자들까지 나한테 너 연락처 물어보더라. 너하고 인터뷰 좀 하고 싶다고."

"와, 되게 빠르네요. 그 사람들."

"당연하지. 게네들이야 눈칫밥으로 먹고 사는 애들인데. 네가 화제가 될 게 뻔하니까 미리 연락 취해 둔 거지. 아마 너한테도 문자 갔을걸? 연락처 알아내는 건 별로 어려운 일도 아닐 테니까."

"그러고 보니 그런 문자가 왔던 거 같긴 하네요. 대부분 다 스팸 처리한 다음 삭제했지만요."

"기분은 어때? 하룻밤 사이에 유명인 된 기분 말이야."

"사실 되게 얼떨떨해요. 저는 그냥 상금도 얼마 안 될 거라고 생각했거든요. 기껏해야 몇 천만 원 정도? 아니면 많아 봤자 1억? 원래 그 퀴즈쇼 상금이 많아 봤자 1억 정도였거든요. 근데 무슨 왕중왕전 한다고 하면서 일이 꼬여버린 거죠. 사실 그 사람들도 몰랐을 거예요. 제가 모든 문제 다 맞출 거라는 거요."

"그래. 누가 그걸 예상이라도 했겠냐? 여하튼 축하한다. 그런 의미에서 술 한 잔 더. 원샷이다."

그러면서 민수는 물 잔에 소주를 벌컥벌컥 따르기 시작했다.

건형은 단숨에 소주잔을 들이마셨다.

그러고도 두 사람은 소주 한 병을 다 비웠다.

그러나 그 이상으로 마시진 않았다. 예전에 길가다가 퍽치기 당한 경험이 아직 남아 있어서였다.

그 뒤, 음료수를 마시며 두 사람은 연신 불판에 고기를 구워 댔다.

그때, 고깃집에 있던 사람들 중 몇몇이 건형을 알아봤다.

"어, 혹시 그 퀴즈쇼에 나왔던 분 아니에요?"

"맞아, 맞아. 그 문제 다 맞춘 사람 맞죠?"

건형이 머리를 긁적였다.

"맞는데 무슨 일 있나요?"

"아뇨. 정말 궁금했거든요. 생방송이라고 듣긴 했는데 진짜 그거 대본 아니었어요? 혹시 거기 방송국 사람들하고 짜고 친 거 아니죠?"

"하하, 아니에요."

"정말요? 그러면 죄송한데 뭐 하나만 물어봐도 돼요?"

건형이 황당한 얼굴로 그녀를 쳐다봤다.

그녀가 짐짓 당황한 듯 얼굴을 붉히며 말했다.

"아, 죄송해요. 진짜 다 알고 계신지 궁금해서요."

이렇게 미안해하는 걸 보니 괜히 마음이 무거워졌다. 건형이 어색한 얼굴로 말했다.

"알았어요. 한 가지만 물어봐요."

"책 내용인데 그것도 가능해요?"

"제가 읽어본 책이면 가능합니다."

"화폐전쟁이라는 책 읽어보셨어요?"

건형이 고개를 끄덕였다. 학교 도서관에서 읽어본 적이 있었다.

"쑹훙빙의 화폐전쟁을 말하시는 거죠? 읽어본 적 있어요."

"그럼 질문할게요. 화폐전쟁이라는 책 247쪽에 보면 2004년에 출판된……."

"2004년에 출판된 〈〈경제 저격수의 고백〉〉은 체험자의 각도에서 스티글리츠의 관점에 그럴듯한……."

그 뒤, 건형은 내리 책을 읽어 내려갔다. 장장 한 페이지에 달하는 책 내용을 전부 다 읽어 버린 것이었다.

그녀가 눈을 휘둥그레 떴다.

"책을 다 외워 버리신 거예요?"

"네, 어쩌다 보니 제가 가장 좋아하는 책 중 하나라서 그렇게 됐네요."

"와, 대박. 저, 정말 감사했어요."

쫄래쫄래 자리로 돌아가는 그녀를 보며 건형이 애써 헛웃음을 흘렸다.

그녀는 맞은편에 앉아 있는 또래로 보이는 친구하고 계속 수다를 나누고 있었다. 방금 전 일에 대해 이야기를 나누고 있는 듯 보였다.

가까이 가서 이야기나 좀 더 나눠볼까 생각했지만 건형은 이내 그런 생각을 접었다. 사람들이 막 사인까지 요구하고 있었다. 그런 상황에서 괜히 불미스러운 일에 휩싸일 필요는 없었다.

그녀도 자신이 20억이 넘는 상금을 받는다는 걸 알 터였다. 돈을 노리고 의도적으로 접근한 것일지도 몰랐다.

이런저런 생각에 건형이 속으로 한숨을 내쉬었다. 예전이라면 이런 걱정은 하지 않아도 됐는데 그깟 돈이 생겼다고 이만 고민까지 해야 한다는 것에 속상해서였다.

민수가 그런 건형의 표정을 읽었다. 그가 의아한 얼굴로 물었다.

"무슨 일 있어? 표정이 별로 좋지 않은데?"

"아, 그냥요."

"말해 봐. 무슨 일인데?"

망설이던 건형이 방금 전까지 고민하고 있던 것을 털어놓았다. 찬찬히 이야기를 듣고 있던 민수의 낯빛이 살짝 어두워졌다.

곰곰이 고민하던 민수가 차분한 목소리로 말했다.

"그럴 수도 있다고 생각한다. 저 여자가 네 겉모습만 보고 온 걸 수도 있으니까. 그래서 꽃뱀이라는 말이 있는 거고. 그러나 모든 여자가 다 그런 건 아니라고 봐. 세상에는 나쁜 사람이 있지만 그만큼 좋은 사람들도 많아. 나는 네가 너 자신에 자신감을 가지고 있으면 괜찮다고 본다."

"자신감요?"

"그래, 20억이 큰돈이긴 하지만 네 인생에 비해서는 별 거 아닌 돈일지도 몰라. 물론 네가 어떤 사람이 될지는 모르겠어. 유명한 법조인이 될 수도 있고 기업가가 될 수도 있고 아니면 노숙자가 될지도 모르지. 그러나 내가 아는 너라면 분명히 이 세상에 도움이 되어줄 수 있는 그런 사람이 될 거라고 믿는다."

"고마워요, 형."

"그동안 널 봐왔기 때문에 하는 말이야. 정작 너한테 이런 말 하고서 나는 제대로 노력하지 않는 거 같아서 그게 문제지만."

"에이, 형도 성공할 수 있을 거예요. 진짜 여태까지 살아오면서 형처럼 현명한 사람은 못 본 거 같아요."

"현명하다고? 그렇게 말해 주니 좋네. 고맙다."

"고맙긴요. 음료수나 마저 마셔요."

그렇게 음료수를 몇 병 더 비우고 밤새 이야기를 나눈 뒤에야 건형은 민수와 작별하고 집으로 향했다.

집으로 돌아오는 길, 평소면 발걸음이 무척 무거웠겠지만 오늘은 가벼웠다.

앞날을 창창한 햇살이 비추는 것만 같은 기분이 들었다.

무엇이든 할 수 있을 거 같다는 생각에 날아갈 것만 같았다.

집으로 돌아온 건형은 컴퓨터를 켰다. 그리고 능력을 슬며시 써 봤다.

처음에는 이게 무슨 생쇼를 하는 건가 싶을 정도로 엉성했다.

능력을 제대로 사용하기는커녕 누가 보면 인상을 잔뜩 쓴 채 궁시렁거린다고 생각했을 터였다.

생각보다 능력을 발현하는 건 어려웠다.

도서관에서부터 퀴즈쇼까지 장장 닷새 동안 능력을 발현한 후 그것을 유지한 것이 스스로도 경이로울 정도였다.

아마 그렇게 했으니 결국 퀴즈쇼 막판에 가서 사단이 나고 만 것이었다. 능력을 계속 남용하다가 결국 심신이 지쳐버리게 된 것이었으니까.

인터넷을 찾아보며 건형은 관련 지식을 검색했다.

수많은 정보들이 인터넷에 떠돌아다니고 있었다.

인터넷은 정말 지식의 바다였다. 물론 책이 많은 정보를 전달하는 건 맞다. 그렇지만 인터넷에 비하면 그 양은 조족지혈이라 할 수 있었다.

인터넷이 담을 수 있는 정보의 양은 무한대였으니까.

그렇게 정신을 집중하기 시작하자 서서히 능력이 나타나기 시작했다. 그리고 어느 순간 건형은 무아지경 상태에 빠져 인터넷이라는 정보의 바다에 깊숙이 빠져들었다.

스스로의 힘으로 능력을 발현하진 못했지만 어쨌든 능력을 발현시키긴 한 것이었다.

그래도 능력을 발현시켰으니 이제 중요한 건 이 능력을

어떻게 발현시키는지, 그리고 어떻게 발전시킬지 이런 것부터 차근차근 찾을 생각이었다.

스텝 바이 스텝(Step by step).

빠르게 갈 생각은 없었다.

시간적인 여유는 충분했다.

중요한 건 빠르게 가는 게 아니라 옳은 길을 올바르게 밟아가는 것이었다.

Chapter. 06

누구는 자신이 벌써 부자가 됐다고 생각하겠지만 실상은 그렇지 않았다.

방송국에서 연락이 한 번 왔다.

상금은 늦어도 2주 안에는 지급될 거라고 했다.

다만, 액수가 액수인 만큼 나눠서 지급할 수 없느냐 하는 문의가 있었다.

평소 상금 액수대로라면 일시불로 지급이 되지만 20억이 넘어가는 액수다보니 그럴 수밖에 없었다.

솔직히 20억이 있다고 해도 지금 당장 그 돈을 다 쓸 생각은 없었다.

일단 건형은 5억을 먼저 받기로 하고 나머지 돈은 12개월 동안 나눠 받기로 결정했다.

그렇게 이야기가 오고 간 다음 방송 출연에 대해서도 문의가 왔다.

프로그램의 보조 MC 혹은 퀴즈 패널로 참여할 수 없냐는 것이었다.

건형은 그 부분에 대해 심사숙고했다.

일장일단이 있었다.

우선 장점 같은 경우 그쪽 방면의 인맥을 두루두루 넓힐 수 있다는 것이었다. 그리고 고정적으로 수입이 발생하기 때문에 안정적인 생활이 가능하다는 점이 있었다.

물론 당장 5억을 받게 되겠지만 이 돈은 어머니를 위해 쓸 생각이었다.

또, 방송에 출연해서 능력을 사용하다 보면 이 능력의 유지 시간을 늘릴 수 있을 테고 어쩌면 이 능력을 어떻게 사용하는 것이 가장 유용한지 알아낼 수 있을지도 몰랐다.

단점은 여러 사람들이 자신을 알아보게 된다는 점이었다. 그리고 학업에 집중할 수 없다는 것도 있었다. 마지막으로 그가 가장 우려하는 건 자신의 능력에 의구심을 품고

뒷조사를 하게 될지도 모른다는 것이었다.

그렇기에 건형은 틈틈이 운동도 배우고 호신술도 배울 생각이었다.

물론 머릿속에는 어떻게 호신술을 펼쳐야 할지 빼곡히 저장되어 있었지만 그것을 실전으로 펼쳐내는 건 조금 달랐다.

예를 들면 익숙하지 않은 근육을 억지로 잡아 꺼내 쓰는 느낌이랄까.

실제로 텔레비전에 나온 이소룡의 절권도를 한 번 따라 해 봤다가 이틀가량 끙끙 앓아눕기도 했었다.

건형은 그렇게 실패를 반복하면서도 천천히 옳은 방향으로 나아가고 있었다.

"상금이 들어오려면 아직 좀 멀었네. 일단 본가에 잠시 갔다 올까? 엄마 얼굴 못 본지도 꽤 됐는데. 일 다니는 것도 그만두라고 설득도 시켜야 하고."

심신에 여유가 생기자 제일 먼저 생각난 건 역시 엄마였다. 내킨 김에 건형은 곧장 집에 전화를 걸었다.

평소 몸이 아픈 엄마는 웬만하면 집에 있기 때문에 전화를 안 받는 적이 드물었다.

그러나 수신음은 가는데 전화는 도통 받지 않고 있었다.

하는 수 없이 건형은 옷을 챙겨 입고 곧장 바깥으로 나왔다.

본가는 집에서 한 시간여 떨어진 거리에 위치해 있었다.

같은 서울이긴 하지만 끝과 끝이라고 해야 하나?

그렇다 보니 건형은 평소 지하철을 타고 본가에 종종 들리곤 했다.

오늘도 평소처럼 건형은 지하철에 올라탔다. 혹시 사람들이 자신을 알아보는 게 아닌가 걱정됐지만 그건 쓸데없는 우려에 불과했다.

방송일로부터 이틀이 지났고 그동안 인터넷에는 숱한 새로운 가십거리들이 쏟아지고 있었다.

연예인 누구와 아이돌 가수 누가 교제 중이더라, 어제 새로 시작한 프로그램이 시청률 최고치를 갱신했다더라 등 새로운 정보가 넘쳐나고 있었다.

그런 가운데 건형에 관한 건 일시적인 관심일 수밖에 없었다. 어차피 자신들과는 아무 관계도 없는 거니까.

건형은 쓰고 나온 모자를 푹 눌러썼다. 얼굴이 붉어졌다. 괜한 걱정을 한 게 괜히 무안했다.

덜컹덜컹—

꽤 오랜 시간 지하철을 타고 움직인 끝에야 본가에 도착했다.

슬슬 날은 따뜻해지고 있어서 두툼한 외투를 입은 사람은 보기 드물었다.

건형은 익숙한 길거리를 지나쳐 집 앞에 도착했다.

볼품없고 허름한 빌라, 그 반지하 방에서 엄마 혼자 지내고 있었다. 여동생은 집을 나간 지 오래돼서 도통 돌아올 생각은 하지 않고 있었다.

그래도 종종 엄마하고 연락은 하는 거 같았는데 요새는 그마저도 없는 모양이었다.

도대체 밖에서 무엇을 하고 돌아다니는 건지 알 수 없었다.

어쨌든 반지하 집 앞에 도착한 건형은 안에서 들리는 시끌벅적한 소리에 고개를 갸웃거렸다.

집 전화를 받지 않았는데 집 안에서 나는 소리는 여러 사람이 뒤엉켜 나오는 그런 목소리들이었다.

'손님이라도 온 건가? 그래서 전화를 못 받으신 건가?'

건형은 비밀번호를 누르고 집 안으로 발걸음을 옮겼다. 현관에는 수십여 켤레의 신발들이 이리저리 내팽겨 쳐져 있었다.

신발을 벗고 집 안으로 들어선 건형은 거실에 옹기종기

모여 있는 사람들을 마주 볼 수 있었다.

그리고 그들 사이에 둘러싸여 있는 엄마 모습도 같이 말이다.

"커, 커험. 건형이 왔냐?"

건형이 눈썹을 치켜떴다. 누군가 했더니 꽤 오래전 잠깐 인사만 한 적이 있던 큰아버지였다.

그 옆에는 친가 친척들과 외가 친척들이 옹기종기 앉아 있었다.

둘째 아버지나 큰 고모, 둘째 고모도 보였다.

도대체 이 사람들이 여기 왜 있는 걸까?

영민한 건형은 금세 그 이유를 추론할 수 있었다. 자신이 상금으로 20억을 넘게 받는다고 했으니 아마 그 콩고물이 탐났을 게 틀림없었다.

문을 열어 주지 않으면 그만이지만 엄마가 그렇게 매정한 사람은 아니었다.

"엄마, 이분들은 왜 다 온 거예요?"

"아, 그게 그러니까……."

엄마가 대답하길 망설여했다.

그때, 눈치 빠른 몇몇 친척들이 조심스럽게 자리에서 일어났다.

"건형 엄마, 애 왔으니 우리는 나중에 올게요. 잘 생각해 줬으면 해. 무슨 말인지 알겠지?"

큰 고모가 먼저 일어났다. 그 뒤 다른 친척들도 줄지어 일어섰다.

"크흠, 나중에 다시 연락하고 찾아오겠네, 제수씨."

제수씨라고?

건형이 피식 웃음을 흘렸다.

아버지가 순직하고 난 다음 단 한 번도 연락이 없던 큰아버지다. 정말 힘들고 어려웠을 때 도와 달라고 해도 돈 없다고 단칼에 거절했던 사람들이다.

그런데 지금 뭐라고?

"지금 제수씨라고 하신 거 같은데요. 큰아버지. 저한테 친가는 그냥 남이나 다름없습니다. 그러니까 그런 헛소리 하지 마시고 더 이상 찾아오지도 마시죠."

"어험, 어린 녀석이 못 하는 말이 없구나. 그러니까 어른이 문자를 보내고 전화까지 했는데도 답장이 없지. 쯧쯧. 자식 교육을 어떻게 했길래."

"저기요. 지금 뭐라고 하셨죠?"

그때, 엄마가 둘 사이를 가로막았다.

"아주버님, 먼저 들어가 보세요. 건형이는 제가 잘 타이

르도록 하겠습니다."

"크험, 그래. 그만 들어가 보마."

그때, 건형이 그들 앞을 막아섰다.

"또 이런 일 생기면 가만두지 않을 겁니다."

"네까짓 게 뭐라고! 감히 어른들한테 그게 무슨 말버릇이야!"

큰아버지의 얼굴이 새빨개졌다.

건형은 지지 않고 그에게 맞섰다.

"당신은 뭔데? 내게 가족은 어머니하고 여동생 두 사람뿐이야. 당신? 누군지 몰라. 그러니까 관심 끄라고. 이미당신하고 나는 남남이니까!"

"어허, 도대체 제수씨가 애들을 어떻게 가르쳤길……."

그때였다.

건형의 머리를 번개처럼 스치고 지나가는 기억이 있었다.

어릴 적 큰아버지가 우연히 둘째 아버지와 나누던 대화.

그가 다니던 회사의 공금을 횡령하게 됐고 그것을 숨기긴 했는데 언제 걸릴지 모르겠다고 했던 말.

그것이 생각이 났다.

건형이 그에게 다가가 귓속말로 말했다.

'칠 년 전에 숨겼던 그 회사 공금은 어떻게 했지? 남몰래 숨겼나?'

큰아버지가 눈을 휘둥그레 떴다. 그 누구도 모르게 숨긴 일이다. 이 어린 조카가 그 일을 어떻게 알고 있는 것인지 궁금했다.

'그밖에도 당신에 관해서는 샅샅이 기억하고 있어. 그러니까 여기서 조용히 나가는 게 좋을 거야. 안 그러면 네 모든 비밀을 낱낱이 밝혀 버릴 거니까.'

큰아버지가 아연실색한 얼굴로 황급히 자리를 빠져나갔다. 남은 친척들도 그 뒤를 쫓아 사라졌다.

그들이 다 사라지고 나서 건형이 어머니를 쳐다보며 입을 열었다.

"제가 번 상금, 친척들한테 빌려주거나 그러는 건 절대 안 돼요. 무슨 뜻인지 아시죠? 특히 친가는 더욱더 안 되고요."

건형의 고집을 꺾지 못한 어머니가 고개를 끄덕였다.

"그렇게 하마."

"그보다 건강은 어떠세요? 어디 아프신 데는 없으시죠?"

"뭐, 나야 항상 같지. 아영이 때문에 속상한 거 빼면 다 괜찮아."

건형이 고개를 설레설레 저었다.

아영은 그의 여동생 이름이다.

중학교 시절 철없이 굴다가 가출해 버렸다.

지금도 그때 가출했던 친구들과 어울려 지내는 듯했다.

지난번 문자를 온 거 보니 급하게 돈이 많이 필요한 듯했
는데 생각해 보니 한 번 해킹에 대해 알아보고자 했었는데
깜빡 까먹고 있었다.

아무래도 집에 돌아가는 대로 그 부분에 대해 알아봐야
할 거 같았다.

"걱정 마세요. 조만간 집에 들어올 거예요. 찾아보고 있
으니까 너무 걱정하지 마세요. 연락도 틈틈이 하고 있어
요."

가뜩이나 건강도 안 좋은 엄마인데 여동생이 이렇게 속
을 썩이고 있으니 마음이 편할 수가 없었다.

"그보다 지금 몇 시니?"

"이제 오후 두 시 정도 되어 가요."

"그래? 슬슬 나갈 준비를 해야겠구나."

"어디 나가세요?"

"아, 응. 친목계가 있어서. 거기 좀 다녀오려고."

"그래요? 오랜만에 엄마하고 같이 좀 있다가 가려고 했는데. 아쉽네요."

"다음부터는 그러니까 미리 연락을 하고 와. 약속이 잡혀 있는데 와 놓고선."

그래도 기분은 좋은 듯 얼굴에 오랜만에 환한 미소가 번지고 있었다.

건형은 어깨를 으쓱했다.

"그럼 다음에 또 찾아뵐게요."

"무슨 일이 있어서 온 거 아니었어?"

"아니요. 그냥 엄마 잘 계시는지 궁금해서요. 혹시 나중에 친척들 또 찾아오면 말하시고요. 제가 변호사를 고용……."

'아니지. 내가 직접 변호해도 그만이잖아.'

법에 관한 지식은 머릿속에 산더미처럼 쌓여 있다.

지금 사법고시를 봐도 합격하는 건 어려운 일이 아닐 터였다.

"여하튼 제가 알아서 해결할게요."

만약 다음에 또 이러한 일이 생긴다면 그때는 가만히 있지 않을 생각이었다. 큰아버지가 숨기고 있는 그 비리를 폭로하든가 아니면 다른 비밀을 찾아 낼 생각이었다.

"그래, 몸조심해서 돌아가고. 다음에 또 엄마 얼굴 보러 오고. 이러다가 우리 아들 얼굴 까먹겠어."

"네, 죄송해요. 자주 찾아뵐게요. 얼마 안 있으면 졸업이니까 조금만 기다리세요."

"그래."

건형은 슬그머니 주방 탁자에 두툼한 돈 봉투를 올려 둔 뒤 물 한 잔을 마시고 집 밖으로 나왔다. 반지하 방이라 그런지 퀴퀴한 냄새가 여전히 났다.

아무래도 한시라도 빨리 새로운 보금자리를 마련해 드려야겠다는 생각이 들었다. 조만간 5억이 먼저 입금될 테니 그 돈이 들어오는 대로 근처에 괜찮은 빌라를 하나 사들일 생각이었다.

그렇게 지하철역으로 되돌아갈 때 깜빡 잊었던 게 생각났다. 물을 마시면서 모르고 탁자 위에 이어폰을 놔두고 온 것이었다.

건형은 서둘러 집으로 돌아왔다. 그러다가 외출 준비를 마치고 밖으로 나가는 엄마 모습이 보였다.

그런데 복장이 무언가 이상했다. 친목계를 하러 간다면 예쁘장하게 꽃단장을 하고 있어야 하는데 간편한 옷을 입고 있었다. 예쁘기보다는 실용성을 추구한 그런 옷차림이었다.

곰곰이 고민하던 건형은 슬며시 엄마 뒤를 쫓기 시작했다.

진짜 친목계를 나가는 건지 그게 궁금했다.

한참 동안 엄마는 걷고 있었다. 친목계를 한다고 해도 근방에서 할 게 분명한데 그것치고는 너무 오래 걷는 게 아닌가 하는 생각이 들었다.

대략 삼십여 분 정도 걸은 뒤에야 엄마가 도착한 곳은 커다란 음식점이었다.

돼지갈비 전문점이었다.

건형이 눈시울을 붉혔다. 순간 울컥해서 말문이 막혔다.

그는 조심스럽게 가게 안을 살폈다.

엄마는 온데 간데 사라지고 없었다.

그러다가 잠시 뒤, 종업원 복장으로 갈아입고 나온 엄마의 모습이 보였다. 계속해서 바쁘게 주방과 홀을 왔다 갔다하며 남겨진 음식이 담긴 그릇을 나르고 식탁을 닦곤 하고 있었다.

"어머니……."

건형이 입술을 깨물었다. 그녀가 종종 보내오는 자그마한 용돈들이 어떻게 해서 만들어지는지 눈으로 직접 보게 된 것이었다.

차마 건형은 가게로 들어가지 못하고 지하철역으로 발걸음을 되돌렸다.

덜컹덜컹—

흔들리는 지하철 안에서 그는 말없이 생각에 잠겨 있었다.

'중요할 게 뭐 있냐? 거창한 거 필요 없다. 그냥 우리 가족, 그리고 엄마, 편하게 살게 해 드리는 거. 그 정도면 족해. 더 이상 필요 없어. 행복하게 사는 게 최고야.'

집으로 돌아오자마자 건형은 컴퓨터를 만지작거렸다. 오래전 샀던 구형 컴퓨터인 탓에 인터넷 속도는 느리기 이를 데 없었다.

건형은 차분히 생각을 정리했다.

어머니가 새로 살게 될 집은 5억 원이 입금되는 대로 구해 볼 생각이었다.

그리고 여동생은 조만간 다시 연락을 해 볼 것이다. 그래도 받지 않는다면 경찰서에 가서 알아봐야 할 거 같았다. 아니면 주변 사람들을 동원해서 찾아보거나.

그렇게 해도 못 찾는다면 그때는 해킹이라도 해 볼 생각이었다. 이메일이나 SNS 같은 것을 해킹해서 찾아봐도 되는 일이었다.

일단 가장 중요한 문제 두 개는 2주 뒤로 미뤄 뒀다.

결정을 급히 해야 하는 건 두 가지 정도였다.

첫 번째는 출연에 관련된 것이었다.

그가 병원에 입원했을 때 방송국 관계자들이 찾아왔었다. 향후 계속 될 '대한민국, 퀴즈에 빠지다!'에 고정 패널로 참여해 줄 것을 요청했다.

처음에는 고사할 생각이었지만 점점 더 나쁘지 않을 거 같다는 생각이 들고 있었다.

인맥을 넓힐 수 있고 안정적인 수입도 가능하기 때문이었다.

게다가 그들의 사정을 이해하지 못하는 것도 아니었다.

두 번째는 졸업 이후에 관한 것이었다.

5억원가량을 일시불로 지급받기로 하면서 학비에 대한 걱정은 덜게 됐다. 수강 신청은 진즉에 끝냈다. 결국 대학교를 마저 다니면서 졸업하는 것만 남게 됐다.

그런데 졸업하고 나서 무엇을 할지 이게 가장 고민이 되고 있었다.

건형은 법학과에 재학 중이었다. 이과생이 아닌 문과생이라 취업의 길이 좁고 험할 수밖에 없었다.

평소였다면 졸업하고 어떻게든 취업하려고 토익도 보고 오픽도 보고 면접도 준비하고 바쁘게 지냈을 터였다.

그러나 그럴 필요가 없어졌다. 지금 갖고 있는 능력이라면 어디든 입사할 수 있을 정도였다.

세계 모든 언어를 원어민보다 더 능숙하게 이야기할 수 있는데다가 그 나라의 문화, 역사 등에 능했다.

이 정도면 누가 봐도 데려가고 싶어 할 만한 능력자나 다름없었다.

그렇기 때문에 역으로 건형은 딱히 취업할 생각이 없었다.

그보다 건형은 자영업을 해 볼 생각이었다.

이왕이면 자신의 목표를 뚜렷하게 채워 줄 수 있는 그런 것 말이다.

일단 그것을 찾기에 앞서 오늘은 친구들을 만나기로 되어 있었다.

고등학교 동창들이었는데 건형이 퀴즈쇼에서 우승을 했을 때부터 언제쯤 볼 건지 계속 꼬치꼬치 캐묻곤 했는데 시간이 없어서 만나보지 못하고 있었다.

그러다가 오늘 겨우 시간을 내서 만날 수 있게 된 것이었다.

"어, 알았어. 저녁에 그 근처로 갈게. 뭐? 내가 사는 거냐고?"

[당연하지. 이제 우리들 중에서 너가 제일 부자잖아. 네가 쏴야지.]

"야, 어쩌다가 내가 물주가 된 거냐? 그리고 아직 돈 못 받았어. 나 가난해. 엄마한테 용돈 드리고 오느냐고 돈 다 썼어."

[에이, 20억이나 벌었으면서 자린고비 정신은 여전하냐. 일단 나와. 만나서 이야기하자.]

"알았어."

건형은 바깥으로 나왔다. 슬슬 어두워진 저녁 거리엔 사람들이 꽤 많이 돌아다니고 있었다.

개중에는 연인들도 있었고 단란해 보이는 가족들도 있었다.

건형은 내심 부러운 눈길로 그들을 쳐다봤다. 아무리 돈이 많아도 못 얻는 것들이 몇 가지 있었다.

사람이라는 것이다.

돈이 많다고 한들 이미 깨져 버린 가족을 되붙일 수 없고 진심으로 자신을 사랑해 주는 연인을 구할 수는 없는 것이다.

결국 중요한 건 사람이었다.

건형은 그것을 다시 한 번 마음속에 되새기며 약속장소
에 도착했다.

약속 장소에는 친구 네 명이 이미 나와 있었다.

모두들 고등학교 때부터 친하게 지냈던 단짝 친구들이
다.

왜 그런 말이 있지 않은가?

대학교 때 친구들은 잠깐 가지만 고등학교 친구들은 평
생 간다고.

1학년 때 만나 3년 내내 울고 웃고 같이 혼나고 야단맞
으며 정이 든 사이다.

우선 키 크고 훤칠하게 생긴 훈남 스타일의 녀석.

이 녀석 이름은 강민우였다. 키도 크고 잘생긴데다가 몸
도 좋아서 클럽에 가면 항상 따라붙는 여자들이 장난이 아
니었다.

그러나 정작 녀석은 순둥이에 순정파라서 오히려 모태솔
로에 가까웠다. 자신의 마음이 끌리지 않는 여자면 사귀지
않는다고 하던가?

누구 마음을 칼로 도려내는 듯한 발언이지만 이 녀석이
니 다들 이해하고 있었다.

그 옆에 서 있는 녀석은 유준성.

마찬가지로 고등학교 때 단짝으로 다섯 중에서는 가장 공부를 잘해서 의대에 진학했던 놈이다.

지금은 의대 본과 1학년 과정으로 가장 빡빡한 과정을 밟고 있었다. 잠잘 시간도 부족하다고 했으니 얼마나 힘들지 대강 알 만했다.

그다음 녀석은 차명수, 개그맨 장명수하고 이름이 닮아서 종종 놀림거리가 되곤 했는데 여기 있는 다섯 중에서는 가장 유머 감각이 풍부하고 둥글둥글한 성격이었다.

지금은 대학교를 졸업하고 공무원 시험을 준비하는 걸로 알고 있는데 그를 아는 친구들은 그에게 개그맨 공채를 볼 것을 종종 권유하고 있었다.

부모님이 그것을 탐탁지 않게 생각해서 아직 지원하지 않고 있긴 했지만 개그맨으로 간다면 정말 관객들을 한번에 사로잡을 거라고 생각하는 대단한 매력을 갖고 있었다.

민우 외모에 빠져 합석한 여자들이 명수의 유머 감각에 반해 오히려 명수한테 호감을 드러낸 경우도 적지 않았으니까.

마지막 녀석은 백정호, 녀석은 여기 있는 다섯 명 중에 유일하게 대학에 진학하지 않은 녀석이었다. 그 대신 그는 곧장 취업을 선택했고 지금은 꽤 유망한 중견 기업에서도 잘 나가는 팀장이었다.

워낙 상황 판단이 빠르고 치고 빠지기에 능해서 미래가 기대되는 유망주였다.

그런 만큼 성격도 되게 깐깐하고 까탈스러워서 처음 그를 만나는 사람들은 대부분 오해를 하곤 했다.

그러나 워낙 정이 많고 씀씀이도 커서 이 모임의 물주 역할을 도맡아 할 때가 종종 있었다.

이렇듯 다섯 명이 모일 때면 무척 시끌벅적해질 때가 많았다.

건형에게는 떼려야 뗄 수 없는 친구들로 평생 함께 갈 사이이기도 했다.

그런 녀석들이 오늘은 유독 부담스러운 눈빛을 보내고 있었다.

"왜 그렇게 부담스럽게 쳐다보는데?"

"이야, 우리 퀴즈의 신이 오셨네."

"그러게. 물주 오셨나? 후훗, 이제 내 역할은 자연스럽게 건형이에게 넘기면 되겠네."

정호가 실실 웃으며 입술에 호선을 그렸다.

명수도 고개를 끄덕였다.

"그러게. 오늘 이왕 이렇게 된 거 대관식도 치르는 거 어때? 제2대 물주 탄생을 기리면서 말이야."

"적당히 하자. 이것들아. 무슨 물주는 물주야. 남자라면 응당 더치페이지."

"그런 게 어딨어? 한 놈이 쏘는 거지. 야, 그보다 가장 궁금한 게 있는데."

준성 말에 건형이 의아한 얼굴로 그를 쳐다봤다.

도대체 또 무슨 말을 하려고 하는 건지 짐작이 가질 않았다.

그가 조심스럽게 물었다.

"이지현 예쁘냐? 실물로 봤을 거 아니야?"

그러고 보니 보조 MC로 나왔던 게 그룹 플뢰르의 메인 보컬 이지현이었다.

확실히 걸그룹 아이돌답게 예쁘장했다. 생방송이긴 해도 중간에 잠깐 광고를 내보내면서 쉬는 시간이 두어 번 있었다.

1단계에서 2단계로 넘어갈 때 그리고 2단계에서 3단계로 넘어갈 때였다.

3단계가 끝날 때는 정신을 잃고 쓰러졌으니 넘기고.

여하튼 2단계에서 3단계로 넘어갈 무렵 그녀하고 잠깐

대화를 나눈 적이 있긴 있었다.

어떻게 퀴즈를 그렇게 다 척척 맞히냐면서 궁금해하는 게 꼭 가출한 여동생을 보는 듯한 기분이었다.

"응, 예뻤지. 진짜 예쁘긴 하더라. 왜 걸그룹을 하는지 알 거 같더라고. 뭐, 몸은 가냘파서 진짜 태풍이 불면 날아갈 거 같았지만."

"진짜? 대화도 해 봤냐?"

"응, 어떻게 퀴즈를 척척 잘 맞히냐고 물어보던데? 여동생 보는 줄 알았다니까. 어쩌면 눈을 그렇게 동그랗게 뜨던지."

"부러운 자식. 아, 부럽다. 여신님과 대화도 직접 나누고."

건형이 머리를 긁적였다.

생각해 보니 준성은 그룹 플뢰르의 열혈 삼촌 신도였었다.

그가 부러워할 수밖에 없었다.

"부러워하기는."

'연락처도 받았다는 거 알면 나를 죽이려 들겠지?'

그러나 건형 생각보다 준성 눈치는 더 빨랐다.

그가 수상쩍은 눈길로 건형을 노려보며 물었다.

"야. 사실대로 불어라. 네가 이 정도로 말을 아낄 리가 없는데. 안 그러냐?"

눈칫밥은 여기서 가장 많이 먹었다고 할 수 있는 정호가 고개를 끄덕였다.

"그럼그럼. 평소라면 더 놀려댔을 텐데 이렇게 무미건조하게 끝낼 녀석이 아니지. 음, 무언가 썸씽이 있었나 보네. 예를 들면 연락처를 받았다던가 말이야."

'정호, 이 자식이.'

건형이 살짝 파래진 얼굴로 그를 쳐다봤다. 눈치는 진짜 백단이었다.

그는 슬며시 눈을 피하며 화제를 바꾸기로 마음먹었다.

"그건 그렇고 오늘 물주는 누가 할 거냐? 다시 한 번 말해두지만 나 상금 아직 못 받았다. 그리고 저번에 강도당한 거 알지? 돈도 별로 없다."

"야, 속 보인다. 속 보여. 연락처 받은 게 뭐 대수라고. 그러지 말고 통화라도 한번 시켜 주면 안 되냐?"

이미 다들 눈치채고 있는 듯했다.

건형이 고개를 설레설레 저었다. 친분이 깊게 쌓인 것도 아니고 그냥 방송에서 한 번 얼굴 보고 연락처만 주고받고 헤어진 사이다.

그런 상황에서 전화 통화는 무슨. 이 밤중에 괜히 욕이나 안 얻어먹으면 다행인 일이었다.

"그래, 물주나 정하자. 어떻게 하지?"

"당연히 의사 선생님이 쏴야 하지 않나?"

"야, 나 아직 의대생 신세야. 좀 봐줘."

"그러면 우리 공기업 다니는 민우가 쏘는 건 어때?"

"그래, 민우가 쏘는 걸로 하자. 콜?"

"……그래. 이번에는 내가 쏘지 뭐. 어차피 번갈아 쏘는 건데 뭐."

민우가 고개를 끄덕였다. 어차피 이게 번갈아 가면서 하는 일이다. 두 번 전에는 명수가 쐈고, 저번에는 건형이 쐈다.

이번에는 민우가 쏠 차례이긴 했다.

물론 사정에 따라 종종 대신 쏘는 경우도 있었다.

예를 들면 아직 대학생인 건형이나 준성이, 그리고 공무원 시험 준비생인 명수를 직장인인 다른 두 명이 배려한다고 할까.

삼십여 분 뒤.

테이블에는 빈틈이 보이지 않을 정도로 빈 반찬 그릇과 술병이 잔뜩 쌓인 상태였다.

한 잔, 두 잔 마시다 보니 꽤나 많은 양이 쌓인 것이었다.

그래서인지 다들 얼굴이 붉게 달아올랐다.

하나같이 적당히 취기가 오른 상태, 그러나 그 이상은 마시지 않고 있었다.

아무래도 지난번 건형 일도 있고 다들 정신을 잃을 만큼 취하진 말자고 합의를 본 셈이었다.

"야, 그건 그렇고 퀴즈쇼 이야기나 해 봐. 생전 퀴즈에는 관심도 없던 네가 퀴즈쇼는 어떻게 나간 거냐?"

"그거? 그냥 어쩌다가 운이 좋았지 뭐."

"야, 운이 좋아서 그렇게 다 맞춘 거냐? 그게 말이 된다고 생각해?"

"하하, 그런가? 그냥 아는 문제만 줄줄이 나오더라고."

민우가 의심쩍은 눈길로 건형을 노려봤다.

그러나 사실대로 이야기할 수는 없는 노릇이었다. 아직 의학적으로 밝혀지지 않은 사실이고 설령 맞는다고 해도 이건 혼자만의 비밀로 일단 남겨 둘 생각이었다.

그렇다 보니 어영부영 넘어갈 수밖에 없었다.

"그래서 상금은 어떻게 쓰려고?"

"일단 방송국하고 협의를 했어. 5억은 바로 받기로 했고 나머지는 분할로 받을 생각이야."

"분할로? 그렇게도 가능해?"

"응, 방송국에 사정사정하더라고. 게네도 20억을 한 번에 줄 수는 없을 거 아니야. 방송국 사정이라는 게 있는데. 내가 대범하게 받아들였지."

"혹시 그걸 빌미로 이지현의 전화번호를 요구한 건 아니겠지?"

"내가 너냐?"

건형이 그룹 플뢰르의 열렬한 삼촌팬 준성을 노려보며 말했다. 아이돌에 열광하는 건 이해할 수 있는데 이 정도일 줄이야.

새삼 아이돌의 힘이 대단하게 느껴졌다.

"그보다 5억으로는 뭐하려고?"

"일단 여기서 한 2억이나 3억 정도로 괜찮은 집이나 한 채 사려고. 단독주택 같은 걸로 말이야."

"단독주택? 네가 살기엔 좀 별로지 않을까?"

"내가 살려는 게 아니야. 우리 엄마 집 마련해 드리려고. 우리 집에서 거리가 멀기도 하고. 가끔 얼굴 보러 갈 수밖에 없어서 불편하기도 했거든."

"그래? 진짜 효자네. 효자. 그런 이야기면 쏘라고 할 순

없지. 엄마 집 사드려야 하는 돈이니까. 나중에 이사 할 일
생기면 말해. 휴가 내서라도 도와줄 테니까."

"나도."

"나도."

너도나도 도와주겠다는 말에 건형의 얼굴에 웃음꽃이 폈
다.

그래, 이 녀석들이 있어서 그 힘든 고등학교 시절을 무사
히 넘길 수 있었지.

그러자 새삼 여동생이 떠올랐다.

그 녀석도 이런 친구들 때문에 집에 들어오지 않고 바깥
을 맴돌고 있는 것일까?

조만간 한 번 시간을 마련해서 여동생의 행방을 찾아봐
야겠다는 생각이 들었다.

그래도 하나 뿐인 여동생이다 보니 어찌 됐든 간에 신경
이 쓰일 수밖에 없었다.

술잔이 한 바퀴 더 돌았다. 마지막 술잔이었다.

주말이긴 해도 내일 출근을 앞둔 녀석도 있고 공부 때문
에 바빠서 학교에 가야 하는 녀석도 있었다.

그렇다 보니 더 마시기보다는 적당히 마시기로 했다.

그러다가 누군가 한 명이 이야기를 꺼냈다.

"요새 정말 돌겠다. 주식 때문에 참 짜증 나 죽겠어."

"너 주식 하냐? 그거 절대 안 한다며?"

"회사 사수가 자기가 믿을 만한 데 있다며 추천해 줘서 소액 맡기긴 했는데 수익률이 개판이야. 뭐, 경제가 워낙 불황이라 그렇다는데 벌써 반 토막 난 거 있지. 근데 사수가 추천해 준 곳이라 빼기도 그렇고 골치 아파 죽겠어."

"나도 주변에서 재테크 안 하냐고 자꾸 캐물어서 골치 아파. 현금으로 갖고 있어 봤자 뭐하냐는 거지. 필요한 돈 빼면 재테크에 투자해 보라고 그러더라고."

민우와 정호의 대화에 건형이 생각에 잠겼다.

확실히 주식도 돈을 버는 데는 최고의 방법 중 하나였다.

그러나 주식은 변수가 워낙 많았다. 돈을 벌 때도 있지만 그렇지 않을 경우도 있다. 아니, 사실은 그렇지 않은 경우가 많았다.

그렇기 때문에 주식이 복마전이라고 하는 것이다.

누구나 쉽게 들어오지만 나가는 건 어려운.

게다가 친구 사이에서 돈 관계는 꺼내기 어려운 주제다. 괜히 잘못 꺼냈다가 좋지 않게 얽히면 금세 금이 가버리니 말이다.

'나중에 더 알아보고 이야기하던가 해야겠네.'

그래도 한 번 생각을 해 볼 만한 여지는 남아 있었다.

그로부터 며칠 뒤, 건형은 방송국으로 향했다.

'대한민국, 퀴즈에 빠지다!'를 방송하고 있는 S본부였다.

여의도 등촌동에 위치한 S본부에 도착한 건형은 임시 방문증을 발급받은 다음 교양국으로 향했다. 그리고 그는 '대한민국, 퀴즈에 빠지다.' 담당팀에 들어섰다.

진명제 PD와 담당 작가가 그를 반겼다.

"어서 오세요, 박건형 씨. 다시 만나서 반갑습니다."

진명제 PD가 먼저 인사를 건넸다.

건형도 마주 손을 잡았다. 두툼한 두께가 느껴졌다.

건형은 슬며시 그를 쳐다봤다.

눈빛이 무겁고 진중한 인상의 사내였다. 프로그램에 대한 애정도 깊어 보이고 말하는 것 하나하나 신중하기 이를 데 없었다.

분명 자신이 모든 문제를 다 맞히고 있을 때 속으로 무진장 얼굴을 구겼을 터.

그러나 그건 어디까지나 이전 일이었다.

중요한 건 앞으로였다.

"프로그램 출연에 대해 이야기를 나누고자 왔습니다."

"예, 기다리고 있었습니다. 일단 회의실로 가시죠."

세 사람은 회의실 안에 들어갔다. 자리에 앉고 진명제 PD가 조심스러운 얼굴로 건형을 바라보며 물었다.

"프로그램에 출연할 의사는 있으십니까?"

"단도직입적으로 말하면 있습니다. 그러나 몇 가지 궁금한 점이 있습니다."

"말씀하시죠. 어려운 게 아니면 말씀해드리겠습니다."

"제가 어떠한 역할로 프로그램에 출연하는지부터 알고 싶습니다."

"일단 고정 패널로 생각하고 있습니다. 퀴즈쇼를 풀던 도전자가 막히는 문제가 있을 경우 도움을 요청할 수도 있고 아니면 직접 문제를 제출하셔도 되고요. 어차피 녹화방송으로 진행하니 유동적으로 움직이게 될 겁니다."

"흠, 그럼 출연 분량은 어느 정도 됩니까?"

"그렇게 많진 않습니다. 간간히 카메라에 잡히는 정도일 테고 출연자에게 도움을 준다거나 문제를 출제할 경우 조금 오래 잡히는 정도겠죠."

"알겠습니다. 그럼 계약하도록 하겠습니다."

잠시 뒤, 건형은 계약서를 들고 회의실에서 나왔다.

며칠 전 '대한민국, 퀴즈에 빠지다!' 가 방송됐다.

그러나 시청률은 참혹하기 이를 데 없었다. 건형이 빠지면서 더는 사람들의 관심을 유도할 수 있는 그런 게 없어져 버렸고 결국 시청자들의 관심이 시들어진 것이었다.

그렇다 보니 진명제 PD를 비롯한 제작진들은 건형에게 계속 러브콜을 보냈고 건형도 출연할 의사를 어느 정도 굳히게 됐다.

그렇게 많진 않지만 제법 짭짤한 수익을 거둘 수 있는데다가 이 바닥 사람들과 친분을 갖게 된다는 것 자체가 매력적이라고 여겼기 때문이다.

여기서 경험하는 모든 일들은 살아 숨 쉬는 것들이고 이것들 하나하나가 좋은 재산이 되어 줄 것이기 때문이다.

녹화방송은 매주 주말에 하기로 되어 있었다. 며칠 뒤, 방송국에 다시 찾아오기로 한 다음 건형은 여의도에 온 김에 국회의사당으로 향했다.

국회에 가려는 건 아니었고 국회도서관에 방문하기 위해서였다.

여전히 지식에 대한 욕구는 넘쳐나고 있었고 그것을 해소할 수 있는 좋은 방법은 끊임없이 지식을 습득하는 것이었다.

그러기에 안성맞춤인 곳은 바로 이 국회도서관이었다.

이곳에는 일반도서 350만 권, 비도서 38만 점, 디지털 콘텐츠 200만 건, 정기 간행물 2만 5천 종 그리고 신문 1천여 종이 보관되어 있었다.

1층에 도착한 건형은 안내대에 다가갔다.

"열람증을 발급받고 싶은데요."

"회원가입은 해두셨나요? 안 하셨으면 저쪽에 비치된 컴퓨터에 가셔서……."

"미리 해 두고 왔습니다. 아이디가……."

정보를 검색하더니 안내원이 열람증을 하나 꺼내 건넸다. 신분증을 맡기고 열람증을 받은 다음 개인 물품을 물품 보관함에 집어넣었다.

그리고나서 출입대에 열람증을 찍고 안으로 들어갔다.

우선 건형은 3층으로 올라갔다. 3층에 일반 도서들이 자리하고 있었다. 확실히 학교 도서관과는 비교도 안 될 정도로 많은 장서들이 책장 곳곳에 쌓여 있었다.

건형은 침을 꿀꺽 삼켰다.

그에게 있어서 여긴 보물 창고나 다름없었다.

이 안에 있는 책들이 그에게 방대한 양의 지식을 가져줄 테고 그 지식은 고스란히 건형에게 크나큰 도움이 될 것이었다.

건형은 마치 포식자인 것처럼 거침없이 첫 번째 책장에 다가갔다. 그리고 책을 꺼내 들고 차분히 읽기 시작했다.

그와 함께 후두엽과 측두엽에서 다량의 무언가가 분비되었고 그러면서 건형이 각성 상태로 바뀌었다.

처음 도서관에 갔을 때처럼 뇌의 능력이 활성화되기 시작하며 순식간에 다량의 정보를 받아들이고 자신의 것으로 흡수했다.

그러면서 책을 넘기는 속도가 매우 빨라졌다.

순식간에 한 권을 읽어 들인 건형은 바로 다음 권을 읽기 시작했다.

그렇게 십여 분 정도 지났을 때 건형은 벌써 네 권째 읽고 있었다.

그 모습을 본 국회도서관 사서가 다가왔다.

이전 학교 도서관에서도 그랬는데 국회도서관에서도 상황은 비슷했다.

그런데 그게 이해할 수밖에 없는 것이 어느 누가 2~3분 만에 책 한 권을 훌러덩 읽을 수 있단 말인가.

아무리 빨리 읽는다고 해도 최소 삼십 분은 필요했다.

그런데 그냥 한 번 책을 후르륵 넘기더니 다 읽어 버린
듯 다음 권을 읽는 것 때문에 사람들의 시선이 집중되고 있
었다.

 "저기요. 죄송한데 잠시 이야기 좀 나눌 수 있을까요?"

 어깨를 톡톡 두드리는 손짓에 건형이 이어폰을 뺐다. 그
리고 고개를 돌렸을 때 국회도서관 사서가 그의 얼굴을 알
아봤다.

 "혹시 이 주 전 '퀴즈에 빠지다'에 나오셨던 박건형 씨
맞으신가요?"

 건형이 슬며시 고개를 끄덕였다.

 "예, 맞아요. 혹시 무슨 문제라도 있나요?"

 "별 건 아니고 찾는 책이 있으신가 해서요. 이것저것 들
춰 보시길래……."

 "그냥 대충 어떤 내용인지 한번 살펴본 거예요. 오해하
지 않으셔도 돼요."

 "아하, 네. 혹시 필요한 책 있으면 말씀해 주세요. 바로
찾아드릴게요."

 돌아가려고 하던 그녀가 돌아서더니 다시 입을 열었다.

 "아, 그리고 지난번 방송 정말 잘 봤어요. 있다가 돌아가
실 때 사인 한 장만 부탁드려도 될까요?"

건형이 웃으며 고개를 끄덕였다.

사인본 하나로 그녀의 경계를 누그러뜨릴 수 있다면 싸게 먹히는 장사였다.

그녀가 떠나고 건형은 도서관을 둘러봤다. 오늘 하루 동안 이곳에 있는 책을 전부 다 읽는 건 불가능한 일이다. 인간이라면 당연한 일이다.

그래도 시간이 닿는 한 건형은 많은 책을 읽어볼 생각이었다. 지식이라는 게 많으면 많을수록 좋은 거니까.

그 뒤, 건형은 방해 없이 계속 책을 읽어갔다. 한 번 더 무아지경에 빠지자 유례없을 정도로 속도가 더 빨라졌다.

책을 펼치고 한 번 책장을 넘기면 바로 그 정보가 눈에 스캔되듯이 건형의 뇌에 바로 박혔다. 그러면 다음 장으로 책을 넘기기만 하면 그만이었다.

그렇게 하다 보니 진도가 빠를 수밖에 없었고 어느덧 책장 세 개째를 해치우고 있었다.

몇몇 사람들은 그런 건 신기하다는 듯이 쳐다보고 있었다.

아까 이야기하는 걸 들어 보니 대충 책의 내용만 살펴본다고 한 거 같은데 막상 보면 꼼꼼히 책장에 꽂힌 책을 한 권씩 빼놓지 않고 읽고 있었으니 말이다.

어느덧 책장 다섯 개를 해치운 건형은 잠시 눈을 감았다. 지나치게 능력을 남용할 생각은 없었다. 잠깐 쉬어 두는 것도 중요했다.

과거의 일에 교훈을 얻은 셈이었다.

때마침 시간도 점심쯤이 다 돼서 배가 출출한 상태였다.

오기 전 인터넷으로 습득한 정보에 따르면 국회도서관은 일반인에게도 지하식당을 개방하고 있었다.

식판에 음식을 담은 건형은 구석진 자리에 앉아 허기를 채우기 시작했다.

그때, 누군가 식판을 들고 오더니 건형 맞은편에 앉았다.

건형이 의아한 얼굴로 고개를 들어 상대를 쳐다봤다.

아까 전 그 도서관 사서였다.

"혼자 드시길래요. 합석해도 될까요?"

"네, 제가 전세 낸 자리도 아닌데요 뭘. 편히 앉으세요."

딱히 꺼릴 이유는 없었다.

그녀는 자리에 앉자마자 조신하게 점심을 먹기 시작했다.

건형은 슬며시 그녀를 훑어봤다.

작은 얼굴에 오밀조밀 들어 있는 이목구비, 하얀 피부에

옅은 화장기.

예쁘장한 외모를 보아하니 늑대들이 꽤나 꼬일 것만 같 았다.

잠자코 밥을 먹고 있을 때였다.

그녀가 조심스럽게 입을 열었다.

"뭐 하나만 여쭤 봐도 되나요?"

"네, 괜찮습니다."

"퀴즈쇼에서 말인데요. 진짜 모든 문제를 다 빠짐없이 알고 계셨던 건가요?"

"운이 좋게도 그렇게 됐네요. 제가 아는 문제만 골라나 오더라고요. 제작진하고 짜거나 그런 거 없으니까 혹시 오 해하지 마시고요."

친구들도 그렇고 엄마도 그렇고 건형이 최근 들었던 오 해 중 대부분은 그쪽 제작진하고 짜고 친 고스톱이 아니냐 는 것이었다.

그러나 그들이 건형을 스타로 만들어 줄 이유도, 20억이 넘는 상금을 줄 이유도 없었다.

건형이 무슨 소속사에 소속되어 있는 예비 연예인도 아 니었거니와 그에게 혜택을 줘야 할 이유가 단 하나도 없었 으니까.

그런데도 사람들이 오해하는 건 모든 문제를 다 맞춰버렸기 때문이었다.

그래서 이렇게 미리 해명을 해 둬야만 했다.

"아까 전 계속 책만 훑어보시던데 읽고 계시긴 한 건가요? 찾는 게 있으시면 도와 드릴 수도 있는데……."

"아뇨. 그냥 내용만 대충 훑어보고 있어요."

"정말요? 근데 정말 대단하시네요. 몇 분도 안 되는 시간에 책 한 권을 그렇게 훑어보기란 쉽지 않은 일이거든요. 그것도 책 한 장, 한 장 꼼꼼히 넘겨가면서 그러기는 더욱더 어렵고요."

'나를 관찰하고 있던 거야?'

순간 머리털이 삐쭉 솟는 듯한 느낌이 들었다. 오한이 밀려올 거 같았다.

건형이 손사래를 치며 말했다.

"하하, 그런 거 아니에요. 그냥 호기심에 넘겨본 거죠. 인간이 어떻게 그렇게 빨리 책을 읽을 수가 있겠어요. 안 그래요?"

"그렇긴 하죠."

잠시 동안 대화가 없이 적막이 흘렀다.

어느덧 식판을 비운 건형이 일어나려고 타이밍을 재고

있을 때였다.

"저 죄송한데 연락처 좀 알려주실 수 있나요?"

"네? 특별한 이유라도 있으신가요?"

"나중에 연락드릴 일이 있을 거 같아서요."

'이거 나 꼬시는 건가?'

건형이 그녀를 쳐다봤다. 그러나 그런 거 같지는 않았다. 꼬신다기보다는 뭐랄까 간절히 원하는 그런 느낌?

하는 수없이 건형이 그녀가 건넨 휴대폰을 받아 든 다음 전화번호를 찍어서 건넸다.

"알았어요. 제 연락처는…… 그럼 먼저 일어나 볼게요. 벌써 다 먹었네요."

건형은 연락처를 알려준 다음 자리에서 일어났다. 연락처를 알려준 건 묘한 느낌 때문이었다.

무언가 그냥 지나칠 수 없는 그런 느낌?

식판을 반납하고 다시 3층에 올라온 건형은 그런 느낌을 떨쳐내고 책을 읽는데 집중하기 시작했다.

지난번 들어가 본 내면의 세계는 그 끝을 헤아릴 수 없을 정도로 넓었다. 마치 하나의 우주를 보는 듯 그런 광활한 광경이었다.

여태 살면서 그가 쌓아온 지식들은 이곳에서 보면 모래

사장에서 흔하게 볼 수 있는 그런 모래알갱이 정도에 불과할 뿐이었다.

건형은 계속해서 지식을 쌓아 갔다. 수많은 학자들이 남긴 지식이 그에게 흡수됐고 건형은 그것을 차곡차곡 쌓았다.

그렇게 국회도서관이 폐관할 때까지 그가 읽은 장서의 수는 약 팔십여 권. 그러나 책의 모든 내용을 완벽하게 암기하고 이해하고 있었다.

그나마 이 팔십여 권도 중간중간 쉬고 사람들 눈치도 봐가면서 읽어서 그렇지 만약 계속해서 파고들었다면 그 두 배도 읽는 게 가능했을 터였다.

그렇게 마음껏 지식을 채웠음에도 불구하고 여전히 아쉬움이 남았다. 이 안에 있는 모든 책들을 정복하고 싶다는 그런 생각 때문이었다.

'여기에 있는 책들도 이렇게 갈증이 나는데 해외에 있는 도서관은 어떨까?'

그러자 딱 떠오르는 도서관이 있었다.

미국 의회 도서관.

약 1억 6천만 권가량의 장서를 보유하고 있는 곳으로 소장 자료의 언어만 해도 470종에 이르는 어마어마한 곳.

그곳에 가면 못 해도 한 달은 머무르며 지식의 폭을 더 넓히고 싶었다.

물론 인터넷에도 정보가 넘치는데 그것만 해도 충분하지 않냐고 할 수도 있을 것이다.

그렇지만 인터넷에는 옳은 정보와 그렇지 않은 정보가 혼재해 있다. 즉, 가짜 정보가 있을 수도 있다는 의미다.

그보다는 책에 기록된 진짜 정보를 받아들이는 게 훨씬 더 값진 이득일 터였다.

물론 학자마다 다 의견이 다르고 그 사람이 속한 국가, 집단, 가치관에 따라 의견이 나뉘지만 그것은 건형이 판단할 문제였다.

퇴관 시간이 됐기에 건형은 일단 국회도서관에서 나왔다.

어느덧 해가 뉘엿뉘엿 지고 있었다.

아직 읽지 못한 책들은 나중에 읽기로 하고 일단은 집에 갈 시간이었다.

게다가 내일은 '대한민국, 퀴즈에 빠지다!' 녹화방송이 있는 날이었다. 준비를 해 둬야 했다.

건형은 내일부터 패널로 합류해 출연하기로 한 상태였

다.

패널로 나서게 된 그의 역할은 크게 두 가지.

하나는 참가자가 문제를 풀기 어려워할 때 해결사로 나
서는 것이다.

다른 하나는 왕중왕전 최종 우승자로 참가자가 최종 자
격에 도전하게 될 때 그가 직접 퀴즈를 내주는 것이었다.

해결사와 끝판왕의 모습, 양면성을 동시에 띠게 되는 것
으로 시청자들은 지킬&하이드를 떠올리게 될지도 몰랐다.
그만큼 매력적인 캐릭터였고 시청자들은 참가자를 잘 도와
주는 상냥한 가이드가 알고 보니 끝판왕으로 돌변하는 그
런 모습을 마주하게 될 것이었다.

마지막에 출제할 수 있는 문제의 난이도는 그가 임의로
내는 것으로, 제작진과 어느 정도 협의를 하게 되어 있긴
했지만 가급적 아주 어려운 문제는 내지 않을 생각이었다.

물론 그 참가자가 건형이 보기에 영 까다롭고 밥맛없는,
시청자들도 싫어할 만한 캐릭터라면 이야기는 달라질 수도
있었지만.

집으로 돌아온 건형은 잠자리에 들기 전에 책장에 다가
갔다. 요새 들어 계속해서 지식을 쌓고 있었는데 이게 멈출
기미를 보이지 않고 있었다.

그렇게 책장에 다가간 건형은 아버지가 남긴 책들을 바라봤다. 평소 아버지가 즐겨보던 과학 잡지들로 건형은 크게 흥미를 가지지 않던 그런 책들이었다.

아무래도 문과생이다 보니 이런 것에 관심을 가질 일이 드물기도 했고.

첫 번째 과학 잡지를 꺼내 든 건형은 천천히 그 잡지를 읽어 내려갔다. 그렇게 과학 잡지를 읽어 내려갈 무렵이었다. 무언가 이상한 자국 같은 걸 하나 발견할 수 있었다.

책 귀퉁이에 낙서 같은 게 그려져 있었다.

'이게 뭐지?'

무언가 해서 확인해 보니 알파벳 중 하나였다. 그리고 알파벳 옆에는 희한한 도형이 하나 새겨져 있었는데 타원형의 도형 안을 세 개의 눈이 채우고 있었다.

대수롭지 않게 생각한 건형은 첫 번째 과학 잡지를 통째로 읽은 다음 다른 책들을 꺼내 읽기 시작했다.

그런데 몇 권 읽다 보니 다른 책에서도 또 알파벳과 도형이 함께 발견됐다. 모양은 달랐지만, 필체와 필기구가 똑같았다.

건형이 눈빛을 빛냈다. 이건 무언가 이상했다. 그는 책장에 꽂혀 있는 과학 잡지들을 모조리 꺼내서 알파벳과 도형이 함께 적혀 있는 게 더 있는지 살펴봤다.

과학 잡지를 모두 뒤져 찾아낸 알파벳은 모두 서른네 글자였다. 건형은 알파벳을 머릿속으로 조합해 봤다. 수많은 경우의 수가 머릿속에서 배열됐다가 사라지길 반복했다.

컴퓨터로 해야 하는 이 복잡한 작업이 그야말로 순식간에 처리된 것이다.

그렇게 알파벳을 다 조합한 순간 건형은 뜻밖의 단어들을 찾아낼 수 있었다.

그건 주소였다.

'Orphanage of Love, Seoul, Jonglo, Insadong'

서울 종로구 인사동에 있는 사랑의 고아원.

"누군가 일부러 이렇게 남긴 건가? 그러기엔 뭔가 이상한데……."

아무래도 언젠가 한번 발걸음을 해 봐야 할 거 같았다.

이것이 주는 느낌이 심상치 않았다.

그렇지만 일단 이것은 뒤로 미뤄두기로 했다. 정 안 되면 나중에 이곳 사랑의 고아원이라는 곳을 방문해 보면 해결될 일이었다.

그보다는 당장 내일이 중요했다.

녹화방송이긴 해도 숱한 카메라 앞에 서야 될 테니 말이다.

'그러고 보니 첫 번째 도전자는 누구이려나?'

첫 번째로 도전하게 될 참가자가 누군지 새삼 궁금해졌다.

제작진도 그에 대해서는 언급이 없었다.

그날 직접 오면 알 수 있게 될 거라는 이야기뿐이었다.

방송에 또 출연한다고 생각하자 새삼 가슴이 두근거렸다.

지하철에서 사람들이 자신을 알아보고 사인을 해 달라고 했을 때 건형은 어째서 많은 사람들이 연예인이 되고 싶어 하는지 알 수 있었다.

많은 사람들이 알아봐주고 환호해 주고 열광하는 그런 맛 때문이었다.

물론 건형은 연예인이 될 생각은 없었다.

겉으로 화려할지 몰라도 그 이면으로는 대단히 힘들고 이름을 알리는데 성공하지 못하면 찬밥 신세인 게 바로 연예인이라는 직업이었기 때문이다. 게다가 자신은 굳이 연예인이 되지 않아도 어마어마한 돈을 벌어들일 수도 있었고.

어쨌든 지금 당장 중요한 건 그게 아니었다.

'아침부터 녹화방송 시작한다고 했지? 빨리 들어가서 자야겠네.'

생각하면 할수록 내일이 기대됐다.

그리고 어떤 도전자를 만나게 될지 그게 가장 신경이 쓰였다. 도우미 역할로 나서게 될 텐데 데면데면하면서 서로 어색해하면 그것도 곤란한 일이었으니까.

'그러니까 일단 남자만 아니면 돼. 남자만 아니어라!'

물론 이왕 나오는 거 예쁘장한 여자가 나오길 바라면서.

Chapter. 07

이렇게 곱게 단장해 본 적은 오랜만이었다.

무엇을 입을까 처음에는 되게 고민을 많이 했다. 그러다가 결국 진 PD한테 전화까지 해서 물어봐야 했다.

그러나 진 PD는 그건 대수롭지 않은 일이라며 그냥 간편하게 입고 오면 된다고 알려 왔다.

그래서 결국 선택한 건 세미정장이었다.

깔끔하게 차려입은 상태로 등촌동에 있는 공개홀에 도착했을 때는 오전 열 시쯤이 다 되어 가고 있었다.

공개홀 앞에서 건형은 '대한민국, 퀴즈에 빠지다!' 의 담당 작가인 왕작가를 만날 수 있었다. 그녀의 이름은 김민지로 올해 서른둘의 골드미스였다.

능력 있고 평판 좋고 외모도 못난 건 아닌데 결혼하지 않는 건 눈이 워낙 높아서라고 들었었다.

건형이 인사를 건네자 그녀도 살갑게 인사를 해 왔다.

"안녕하세요, 김 작가님."

"어서 오세요. 엄청 일찍 오셨네요."

"네? 열 시부터 녹화방송 하기로 되어 있던 거 아닌가요?"

"아, 그건 그렇긴 한데 저마다 개인 사정 때문에 조금씩 늦곤 하거든요. 아마 열한 시는 되어야 방송 시작하게 될 거예요. 그동안 심심하시면 공개홀 한번 둘러보고 계세요. 있다가 연락이 갈 거예요."

"그렇게 할게요."

건형은 고개를 끄덕인 후 공개홀 안을 둘러보기 시작했다.

공개홀 안에는 이미 사람들이 꽤 많이 들어차 있었다. 그중 한 명을 붙잡고 물어보니 이번 '대한민국, 퀴즈에 빠지다!'에 방청객으로 참가한 사람이었다.

그녀는 건형을 알아보고선 화들짝 놀랐었다. 이번에 또

방송에 출연하냐면서 오히려 꼬치꼬치 캐묻는데 건형이 더 당황스러웠을 정도였다.

여하튼 이야기를 나눌 무렵 슬슬 방송이 시작할 때가 됐는지 연락이 오기 시작했다.

어느새 건형 주변에는 꽤 많은 사람들이 몰려 있었다. 퀴즈쇼에 방청하러 왔다는 건 평소 퀴즈에 애정이 많다는 이야기고 다들 퀴즈의 신이라 불리는 건형에 대해 관심이 많을 수밖에 없었다.

건형은 그들에게 양해를 구한 다음 곧장 스튜디오 아래로 내려갔다.

스튜디오 아래에는 출연자들이 옹기종기 모여 있었다.

건형이 내려가자 한 사람이 다가와서 그를 반겼다.

이 프로그램의 메인 MC를 맡고 있는 장범수였다.

"박건형 씨, 이 주 만에 뵙는군요. 얼굴이 활짝 피셨네요. 하하."

"안녕하세요. 박건형입니다."

건형이 깍듯하게 인사를 건넸다. 그는 이 프로그램의 메인 MC이기 이전에 건형보다 스무 살은 족히 더 많은 어른이었다.

"패널로 출연한다고 들었습니다. 원래 이 방송이 따로

패널은 두지 않고 있는데 건형 씨에 대한 임팩트가 그렇게 컸던 모양입니다. 하하. 시청률이 그렇게 쭉 빠지는 거 보고 얼마나 놀랐는지. 앞으로 잘 부탁드리겠습니다."

"저야말로 잘 부탁드립니다. 방송에 출연하는 것 자체가 처음이라……."

"처음은 아니시죠. 지난번 우승하시지 않았습니까? 그때처럼 패기 있는 모습 부탁드리겠습니다. 슬슬 시작하려는 모양입니다."

"그런데 오늘 도전자가 누구인지 알고 계……."

그때, 많은 사람들에게 둘러싸인 채 걸어오는 사람이 보였다.

"어?"

건형이 놀란 얼굴로 그녀를 쳐다봤다.

지난번에도 한 번 만났던 여자였다.

걸그룹 플뢰르의 메인보컬이자 준성이 그렇게 칭송해마지 않던 이지현이 나온 것이었다.

"오늘도 보조 MC로 출연하는 건가요?"

"아뇨. 오늘은 참가자로 나올 겁니다. 이 주 전에 보조 MC로 나왔다가 오늘 건형 씨가 나온다는 말에 참가하기로 했다더군요."

"설마요."

"하하, 장난입니다. 어쨌든 건형 씨가 앞으로 도와줘야 할 참가자가 될 텐데 인사는 나눠야 하지 않겠습니까? 가시죠."

"아, 예. 그리고 말은 편히 하셔도 됩니다."

"후, 언제 그 말이 나오나 했네."

갑자기 돌변하는 범수 모습에 건형이 머리를 긁적였다. 진중하고 묵직한 겉모습과 다르게 훨씬 더 유쾌하고 쾌활한 사람이었다.

"어서 와요, 지현 양. 지난번에는 보조 MC로 출연했는데 오늘은 도전자로 나오게 됐네요."

"아, 안녕하세요. 잘 부탁드리겠습니다."

허리를 거의 폴더로 굽히며 인사하는 모습에 범수가 미소를 지었다. 건형도 은근슬쩍 같이 껴서 인사를 건넸다.

"안녕하세요. 이렇게 다시 뵙네요."

"아, 나온다는 이야기는 들었는데 정말 나오실 줄은 몰랐네요. 매니저 오빠한테 듣긴 했는데 장난인 줄 알았거든요."

"어떻게 하다 보니 그렇게 됐네요. 오늘 잘 부탁드리겠습니다."

"저야말로 잘 부탁드려야죠. 오늘 저하고 건형…… 오빠는 운명 공동체나 다름없으니까요."

꽃보다 더 아름다운 아이돌이 오빠라고 부르자 건형도 활짝 미소를 지을 수밖에 없었다. 아마 준성이 이 장면을 봤다면 건형을 아그작아그작 씹어 먹으려 했을 테지.

"영광이네요. 오빠라는 소리도 다 듣고."

"편하게 대해 주세요. 아, 범수 삼촌도 편하게 말씀해 주세요."

"크흠, 왕년에는 나도 잘 나갔는데……."

비통해하는 범수 모습에 건형도, 지현도 당황하고 말았다.

뭐라고 말해야 할지 영 어정쩡했기 때문이다.

범수가 농담이라고 말하고 난 뒤에야 약간 경직될 뻔한 분위기가 풀렸다.

그렇게 잡담을 나누고 있는 사이 녹화방송이 슬슬 시작할 기미를 보였다.

건형이 맡게 된 건 지현을 돕는 일이었다.

원래 '대한민국, 퀴즈에 빠지다!'는 총 6라운드로 나뉘어져 있었다.

각 라운드마다 단계별 상금이 주어져 있는데 1라운드의

경우 50만 원, 2라운드의 경우 100만 원 이런 식으로 소폭 상승이 되게 되어 있었다.

그렇게 해서 각 라운드마다 문제를 맞히게 되고 맞히면 상금이 누적, 맞히지 못하면 누적시킬 수 없었다.

1라운드와 2라운드는 문제를 맞히지 못해도 상관이 없지만 3라운드부터는 맞히지 못할 때마다 패널티가 가해졌다. 맞히지 못한 문제만큼 그동안 누적된 상금을 50만 원씩 까먹게 되는 것이었다.

그리고 5라운드부터는 문제를 맞히지 못하게 되면 바로 탈락이었다.

도전자는 총 6라운드까지 도전해야 하며 6라운드의 문제를 맞혀야만 상금을 획득할 수 있었다.

6라운드를 제외한 각 라운드는 문제 수가 각각 5개로 5라운드까지의 누적 상금 액수는 250만 원, 500만 원, 1,000만 원, 1,500만 원, 2,000만 원 그리고 6라운드 최종 문제가 5,000만 원 그렇게 해서 총 1억 원이 약간 넘는 수준이었다.

건형이 원래 출전하려고 했던 것도 이것이었는데 상황이 꼬여서 왕중왕전에 나서게 된 것이었고.

어쨌든 건형은 녹화방송이 시작되기에 앞서서 왕작가한

테 대본을 받았다. 그리고 자신의 역할에 대해서도 다시 한 번 이야기를 들었다.

자신은 1, 2라운드에서는 도우미 역할을 할 수 없게 되어 있었다. 그 대신 3라운드부터 5라운드까지 각각 1번의 도움을 주는 게 가능했다.

물론 지현이 얼마큼 상금을 확보하고 그것을 지켜낼 수 있을지 의문이긴 했다.

그래도 눈빛이 당차고 자신감이 있어 하는 걸 보니 꽤나 준비를 한 듯했다.

그녀로서도 그룹 플뢰르의 이미지가 걸린 일이었으니까.

실수로 쉬운 문제를 틀리기라도 했다가는 플뢰르는 머리가 텅 빈 그룹이다, 라는 이미지를 시청자들한테 각인시킬 수도 있었다.

도전자 위치에 서 있던 지현이 건형을 쳐다봤다.

건형은 패널 자리에 위치해 있었다. 조금 있다가 방송이 시작하게 되면 메인 MC 장범수가 간단히 인사말을 할 것이다. 그리고 바로 건형을 소개하게 될 테고 그때가 바로 건형이 퀴즈쇼의 패널로서 다시 이 부스에 서게 되는 때였다.

'잘 도와주세요, 건형 오빠.'

그리고 그녀의 염원을 뒤로 한 채 방송이 시작됐다.

"안녕하세요, 시청자 여러분. 반갑습니다. '대한민국, 퀴즈에 빠지다!'의 메인 MC 장범수입니다. 다들 제가 왜 이렇게 기분이 좋은지 궁금해하실 겁니다. 하하, 그만큼 좋은 소식이 있어서인데요. 그분께서 다시 이 퀴즈쇼에 방문해 주셨습니다."

웅성웅성—

방청객들 사이에서 웅성거림이 일었다. 이미 건형이 방송에 합류한 걸 알고 있지만 녹화방송이기 때문에 연기를 하는 것이었다.

"네, 다들 환영해 주시길 바랍니다. 퀴즈의 신, 박건형 씨가 오늘부터 정식 패널로서 합류합니다."

그와 함께 카메라가 돌았고 건형에게로 향했다.

순간 긴장했던 건형은 애써 미소를 지으며 화사한 얼굴로 말을 꺼냈다.

"안녕하세요, 박건형이라고 합니다. 이렇게 인사드리게 돼서 반갑습니다. 이 주 전에는 도전자 역할로 방송에 나오게 됐는데요. 또 도전자로 나오려고 하니까 방송국에서 극구 반대하더군요."

그 말에 방청객석에서 소소한 웃음이 나왔다.

건형이 자신감을 가지고 계속 대본에 적혀 있는 대로 적당히 각색을 해서 이야기했다.

"그래서 이번에는 패널로 참가하게 됐습니다. 오늘부터 참가자분을 도와서 꼭 우승할 수 있게 도와 드릴 생각입니다. 이러다가 출연 첫 회 만에 잘리는 게 아닌가 걱정이 되지만요. 마침 오늘 처음 만나게 된 도전자 분이 미녀분이라 더욱더 힘을 내게 됩니다."

그 말에 일부 남성 방청객들이 환호성을 보냈다. 그들도 도전자가 누군지 알고 있었다.

건형의 말이 끝나고 참가자가 입장하게 되어 있는 계단 쪽으로 스포트라이트가 비춰졌다.

그와 함께 요정이라고 생각될 정도로 예쁘장한 걸그룹 멤버가 천천히 걸어오기 시작했다.

남성 방청객들의 환호성이 점점 더 커졌다.

건형이 귀를 살짝 막아야 할 정도로 그 소리가 컸다.

'플뢰르 팬클럽에서 대거 왔나? 정말 시끄럽네.'

지현도 살짝 당황한 듯 놀라워하다가 애써 웃으며 도전자 자리에 섰다.

범수가 유연하게 대처하며 대본에 있던대로 멘트를 했다.

"어서 오세요, 지현 양. 지난번에 보조 MC로 시청자분들에게 인사를 드렸는데 이번에는 도전자로 참가하시게 됐네요. 우선 시청자분들에게 인사 한번 해 주시겠어요?"

지현이 환하게 웃으며 말했다.

"네, 안녕하세요. 그룹 플뢰르의 리더이자 메인 보컬을 맡고 있는 이지현입니다. 이렇게 도전자로 인사드리게 됐는데요. 열심히 최선을 다해 보겠습니다."

"당찬 각오, 보기 좋네요. 오늘 각오 한마디 들어 볼 수 있을까요? 몇 라운드까지 예상하고 계신가요?"

"5라운드부터 탈락할 수 있는 걸로 아는데요. 그래도 최소 5라운드까지는 진출하고 싶어요. 그러기 위해서 활동하는 동안 틈틈이 공부도 해 뒀습니다. 플뢰르의 명예를 걸고 열심히 해 보겠습니다!"

"음, 5라운드라. 꽤나 패기 넘치던 퀴즈의 달인들도 5라운드를 통과하길 버거워했는데요. 여태 우승했던 사람이 열 명도 채 안 되는 거 알고 계시죠? 어쨌든 만약 우승하게 된다면 상금으로 뭘 하고 싶으신가요?"

잠시 고민하던 지현이 솔직 담백한 목소리로 입을 열었다.

"저희가 데뷔한 지 얼마 되지 않아서 집에 텔레비전이

없어요. 그래서 우승하게 된다면 일단 그 돈으로 꼭 텔레비전을 사고 싶습니다!"

"아, 텔레비전도 없다니. 소속사 사장님, 만약에 이 방송 보셨으면 우승하지 못해도 5라운드까지 진출하면 텔레비전 사 주셔야 합니다. 여기 있는 플뢰르 팬클럽 남성분들도 적극 원하시는군요. 안 그런가요?"

"와아아아!"

방청객에서 환호성이 터져 나왔다.

건형이 그 모습에 실소를 머금었다. 범수의 노련한 운영이 꽤 인상이 깊었다.

잠시 환호가 오고 간 뒤 범수가 지현에게 물었다.

"오늘부터 새로운 룰이 하나 도입됐습니다. 바로 도우미인데요. 퀴즈의 신이라 불리는 우리 박건형 씨가 매주 패널로 나와서 도전자분들을 도와 드리게 됩니다. 어떻게, 믿음이 가시나요?"

"물론이죠. 그때 생방송에서 직접 문제 푸는 걸 본 적이 있는데 진짜 퀴즈의 신, 그 자체셨어요! 와, 정말 한눈에 반……할 뻔했어요."

잠시 멈칫했지만 지현이 침착하게 대답했다.

범수가 그 빈틈을 놓치지 않고 물었다.

"음, 방금 전 말이 의미심장한데요. 혹시 박건형 씨한테 개인적으로 호감이 있다던가……."

"아, 아니요. 그, 그럴 리가요."

설레설레 손사래를 치며 말하긴 했지만 얼굴에는 은은한 홍조가 어려 있었다.

여기서 더 이야기했다가는 플뢰르 팬클럽의 원성을 살 게 분명했기에 범수는 슬슬 본격적으로 퀴즈쇼를 진행하기 시작했다.

"좋습니다. 그럼 1라운드 시작하도록 하겠습니다."

1라운드는 50만 원짜리 문제 5개로 이루어져 있었다.

난이도는 초급 수준으로 사실상 상금을 불려주기 위한 것이나 다름없었다.

누구나 풀 수 있을 만큼 쉬운 문제가 나왔고 지현은 거침없이 문제를 맞춰 나갔다.

그렇게 네 문제를 맞히고 마지막 다섯 번째 문제가 나왔다.

그런데 이번 다섯 번째 문제는 조금 난이도가 있었다.

약간 헷갈릴 수 있는 그런 문제였다.

그러나 지현은 아슬아슬하게 문제를 맞춰 냈다.

1라운드 통과!

획득한 상금은 250만 원이었다.

그리고 잠시 녹화가 멈췄다.

쉬는 시간을 살짝 갖기 위해서였다.

쉬는 시간에 범수가 지현에게 다가와 능글스러운 목소리로 물었다.

"정말 건형이한테 호감 있는 거 아니야?"

"네? 건형 오빠요? 아, 아뇨."

은근슬쩍 듣고 있던 건형이 짐짓 아쉬운 얼굴로 쓴웃음을 지었다.

그러자 지현이 당황해하더니 귀에 들리지도 않을 만큼 모기 날갯짓만 한 목소리로 말했다.

"좋은 오빠 같긴 해요."

"하하. 그럴 거 같더라니까. 오늘 두 번째로 보는 사이이긴 한데 건형이 녀석 괜찮은 녀석이긴 하지. 그렇지만 중매해 줄 수는 없는 노릇이겠고."

뒤에서 찌릿찌릿 따가운 눈빛을 보내는 플뢰르 매니저의 덩치가 꽤 큰 탓도 있었다.

그렇게 이런저런 대화를 나누는 사이 쉬는 시간이 끝났고 다시 녹화가 이어졌다.

이번에는 2라운드를 풀 차례였다.

2라운드는 100만 원짜리 문제 5개로 이루어져 있었다.

범수가 첫 번째 문제를 제출했다.

"이번 문제는 IT분야입니다. 이것은 전달하려는 기밀 정보를 이미지 파일이나 MP3 파일 등에 암호화해서 숨기는 기술을 말합니다. 주된 목적은 제3자가 평범한 일반 메시지 안에 비밀 메시지가 존재한다는 것을 알지 못하도록 숨기는 것을 말합니다. 이것은 무엇일까요?"

그리고 세 개의 항목이 떴다.

1번 캘리그래피, 2번 스테가노그래피 그리고 3번 크로마토그래피였다.

지현은 곰곰이 생각을 정리했다.

우선 캘리그래피는 들어본 적이 있었다. 같은 그룹 멤버 중에서 이것을 배운 애가 있었기 때문이다. 글씨나 글자를 아름답게 쓰는 것이 캘리그래피였기 때문에 우선 1번은 정답이 될 수 없었다.

그럼 남은 건 두 개였다.

스테가노그래피와 크로마토그래피.

문제는 그녀가 이 두 가지 용어 다 모르고 있다는 점이었다.

결국 찍기를 하는 수밖에 없었다.

곰곰이 고민하던 지현이 찍기를 하기 전 건형을 쳐다봤다.

퀴즈의 신의 가호를 받길 바라는 마음에서였다.

그리고 건형과 눈이 마주쳤다.

그 순간 묘한 느낌이 났다.

건형도 지현과 마주 보는 순간 그녀가 정답을 알지 못하고 있다는 걸 알 수 있었다.

그러나 2라운드는 그가 도와줄 수 없게 되어 있었다.

결국 눈빛으로라도 이야기해 주는 수밖에 없었다.

그 생각과 함께 그의 눈빛에 생각이 담겼다. 그리고 그것이 지현에게 전달되기 시작했다.

그것은 흡사 텔레파시 같은 것이었다.

물론 건형은 그 사실을 알지 못했다. 그냥 자신의 마음이 전달됐으면 하는 그런 바람 정도였다.

그런데 실제로 지현은 건형이 계속해서 정답이 2번이라고 말하는 것만 같은 느낌을 받고 있었다.

고민하던 지현이 마침내 정답을 외쳤다.

"2번, 스테가노그래피로 하겠습니다!"

"네, 스테가노그래피를 선택하셨고요. 정답이 맞을까

요? 정답은⋯⋯."

지현이 떨리는 눈빛으로 범수를 바라봤다.

두근두근—

그리고 범수가 큰소리로 외쳤다.

"네, 정답입니다! 2라운드 첫 번째 문제가 꽤 난이도 있었는데 잘 맞히셨군요. 박건형 씨, 어떻게 보셨습니까?"

"IT용어는 일반인도 알기 어려운 분야인데 맞히신 걸 보니 그동안 연습을 정말 많이 해 오신 거 같다는 생각이 듭니다."

"퀴즈의 신도 극찬을 할 정도군요. 이지현 양, 정답을 알고 있으셨습니까?"

고민하던 지현이 머리를 긁적이며 대답했다.

"아뇨. 사실 모르고 있었어요."

"그럼 찍으신 건가요? 이거 퀴즈의 신이 돕는 모양이군요. 그러고 보니 마침 스튜디오에 퀴즈의 신이 나와 계시기도 했죠? 하하, 이런 우연이 있을 수 있나 싶네요."

그 뒤로 2라운드가 네 번 더 이어지고 총 650만 원을 획득하고 난 뒤 곧장 3라운드가 시작됐다.

이제부터는 건형이 본격적으로 도움을 줄 수 있었다.

그리고 3라운드 첫 번째 문제가 주어졌다.

"간단한 문제입니다. 조금 있으면 여름이 오게 되는데요. 매미의 울음소리는 어디서 나는 것일까요? 보기를 드리겠습니다."

보기 1번은 날개, 2번은 배, 3번은 입이었다.

지현이 곰곰이 생각에 잠겼다.

매미는 땅속에서 5년 내지 7년 길게는 17년을 기다렸다가 여름 한철 올라와서 시끄럽게 우는 것으로 자신의 일생을 마감한다.

그래서 울음소리가 더욱더 애처롭게 느껴지는 것일지도 모른다.

그런 매미가 시끄럽게 우는 걸 사람들은 싫어하지만 정작 어디서 울음소리를 내는 건지는 알지 못한다.

'입일까?'

대개 소리를 내는 기관은 입이다.

그러나 매미는 곤충이니까 입이 아닐 수 있다.

그러면…….

곰곰이 고민하던 지현이 마침내 결정을 내렸다.

"정답은 2번 배로 하겠습니다."

신중할 수밖에 없었다.

3라운드부터는 틀릴 때마다 100만 원씩 차감되게 되어 있다.

지금 지현이 벌어들인 상금은 650만 원이었다.

7문제만 틀려도 마이너스가 돼서 자동 탈락할 수밖에 없는 상황이었다.

그녀가 조마조마해할 때 범수가 환하게 웃으며 소리쳤다.

"네, 정답입니다! 매미는 배로 소리를 내죠. 지현 양, 2라운드에서 한 문제 틀린 거 빼면 정말 완벽한 모습을 보여 주고 계신데요. 정말 연습 많이 해 오셨나 보네요?"

"물론이죠. 진짜 무대 올라가는 시간 빼면 하루 종일 퀴즈 책만 붙잡고 살았어요."

"그래서 그런가 다크서클이 보이는 거 같은데요? 화장으로도 가릴 수 없을 정도……."

"저, 아이돌인데……."

지현이 금세 눈물을 흘릴 것처럼 울상을 지었다.

범수가 그 모습에 짐짓 당황해하며 말했다.

"아, 저 여러분. 제가 일부러 그런 게 아니라."

그러나 방청객들은 인정사정 볼 게 없었다.

게다가 그들 중 상당수는 그룹 플뢰르의 열혈 팬클럽들이었다.

"아, 대본에 적혀 있었습니다. 믿어 주십시오."

결국 범수는 급기야 들고 있던 대본까지 들어 올려야했다.

지현이 그 모습에 피식 웃음을 흘렸다.

처음 당황하던 건형은 이것도 다 짜여진 각본이라는 것에 애써 표정을 담담하게 할 수 있었다.

3라운드도 어느덧 4번째 문제 차례가 됐다.

지현은 첫 번째, 두 번째 문제는 맞혔지만 세 번째 문제는 아쉽게 틀리고 말았다.

이제 남은 문제는 두 개.

아직 도우미 찬스는 쓰지 않은 상태였다.

건형은 자기 자리에 서서 그녀가 부르면 언제든지 도와줄 준비를 하고 있었다.

"하하, 이거 큰일 날 뻔했군요. 다음부터는 정말 말조심하도록 하겠습니다. 그러면 네 번째 문제 나갑니다. 상식문제입니다. 여름철 피서로 바닷가를 가게 됐다가 때론 위험에 처할 때가 있습니다. 바로 해파리 때문인데요. 이 해파리에 쏘였을 때 정말 위험하기 이를 데가 없죠."

잠시 숨을 고른 범수가 마저 말을 이었다.

"여기서 문제 나갑니다. 해파리에 쏘였을 때 상처 부위

를 이걸로 씻으면 독소 배출에 확실히 효과가 있다고 하는
데요. 이것은 무엇일까요? 보기 드립니다."

1번 비눗물, 2번 바닷물, 3번 수돗물.

보기는 이번에도 3개였다.

지현은 차분히 우선 정답이 아닌 것부터 배제했다.

아무리 생각해 봐도 비눗물은 조금 말이 되지 않는 거 같
았다.

그렇다고 바닷물로 하자니 그 안에 있는 염분이 조금 마
음에 걸렸다.

게다가 해파리한테 쏘였는데 바닷물로 씻는다는 게 약간
어폐가 있었다.

'수돗물일까?'

막상 수돗물이라고 생각하니 문제가 너무 쉬웠다.

무언가 함정이 있을 거 같았다.

'건형 오빠한테 도와 달라고 할까?'

여기서 문제를 틀리면 또 100만 원을 차감당하게 된다.

그러면 상금 액수도 550만 원이 되어 버린다.

어떻게든 맞춰야 했다.

그래도 아이돌치고 이 정도면 선방하고 있는 거긴 하지
만 이왕이면 결승 무대까지 가고 싶었다.

뭐랄까, 이 무대에서도 좋은 모습을 보여 주고 싶다는 게 그녀의 바람이었다.

'건형 오빠한테 도와 달라고 하기엔 아까운 기회야. 내 힘으로 맞춰 보자.'

한참 동안 고민하던 지현이 마침내 정답을 내놓았다.

그녀가 선택한 건 2번 바닷물이었다.

맨 처음에는 수돗물을 선택하려고 했다.

그런데 느낌이 영 께름칙했다. 수돗물은 정답이 아닌 거 같은 그런 느낌이 싸하게 들고 있었다.

비눗물은 애초에 아닌 거 같았고 그래서 바닷물을 선택하게 된 것이었다.

"정답을 바닷물이라고 하셨는데요. 해파리는 바다에 사는 생물인데 바닷물로 독소 배출에 효과를 볼 수 있을까요?"

"음, 솔직히 말하면 확신하진 못하고 있어요. 그래도 가능성이 있지 않을까 싶어서 선택하게 됐어요. 오답인가요?"

이번에도 범수가 뜸을 들였다. 시간이 지날수록 긴장감이 더 높아졌다. 그리고 그 긴장이 고조됐을 때 범수가 짐짓 아쉬워하는 목소리로 말했다.

"아쉽지만 정답……."

두근두근—

"정답이 맞습니다. 이거 오늘 또 제작진들이 눈물 흘리게 되는 거 아닌지 모르겠어요. 이러다가 진짜 우승해서 상금까지 타 가게 되는 거 아닐까요? 이로써 플뢰르의 리더 이지현 양이 상금 850만 원을 확보하는데 성공합니다!"

박수갈채가 쏟아졌다.

다들 지현의 예상하지 못한 분전에 다들 놀라하고 있었다.

물론 그건 제작진이나 작가들도 마찬가지였다.

대부분 퀴즈쇼를 할 때 아이돌이 출연할 경우 그들의 이미지를 위해서 어느 정도 예상 문제를 내주곤 한다.

물론 문제와 정답을 알려주고 연기를 하게 하는 건 아니다. 예컨대 스무 문제를 내게 되면 예상 문제 삼백여 개 정도를 보여 주고 그것을 달달 외우게 하는 그런 형태다.

그런데 사람이라는 게 기억력이 무한하지 않다 보니 막상 스튜디오에 오게 되면 전부 다 외우는 게 불가능하다.

아이돌이 평소 퀴즈에 관심이 많은 게 아니라면 모를까, 대부분 헤매기 마련이고 3라운드나 4라운드에서 상금을 다 까먹고 탈락하기 일쑤였다.

그러나 지현이 보여 주고 있는 모습은 확실히 남달랐다.

어쨌든 3라운드 마지막 문제까지 도착했다.

지현이 목표로 세운 건 5라운드.

우승하고 싶다고 했지만 현실적인 목표는 5라운드다.

한 문제만 틀려도 탈락할 수 있으니까.

3라운드 마지막 문제는 춤에 관련된 것이었다.

1990년대 전 세계를 강타한 춤으로, 팔과 엉덩이를 이용해 일정한 동작을 반복하여 추는 춤에 관한 것이었다.

걸그룹인 지현은 메인보컬이긴 해도 당연히 그 춤에 관해 알고 있었고 건형의 도움 없이 정답을 맞힐 수 있었다.

건형은 내심 아쉬워하긴 했지만.

그리고 이제 4라운드가 시작할 차례가 됐다.

4라운드도 3라운드와 문제를 출제하는 방식은 유사했다.

그러나 분야가 다양해졌다는 게 다른 점이었다.

그래서일까.

지현도 좀처럼 문제를 맞히지 못했다.

첫 번째 문제와 두 번째 문제는 맞히지 못했고 세 번째 문제는 간신히 맞출 수 있었다.

그러면서 지금까지 번 상금 액수는 총 1,150만 원이었다.

나쁘지 않은 금액.

4라운드 남은 두 문제를 맞히고 5라운드 문제를 다 맞힌다고 하면 2,300만 원을 더 벌어들일 수 있었다.

거기에 6라운드까지 맞춘다고 하면 총 상금은 8,450만 원가량이 되는 셈.

그렇지만 쉽지 않은 일인 건 분명했다.

특히 5라운드가 가장 걱정이 됐다.

4라운드까지는 틀려도 상관이 없지만 5라운드부터는 한 문제라도 틀리면 바로 탈락하게 되니 말이다.

그래서일까.

지현의 낯빛은 썩 좋아 보이지 않았다. 극도의 긴장으로 인해 본인 스스로도 엄청 힘들어하고 있었다.

한 문제, 한 문제가 살얼음을 걷는 것과 같았으니 말이다.

"많이 긴장하신 듯한데요. 지현 양, 괜찮으신가요?"

"아, 네. 조금 걱정이 돼서요. 제가 진짜 결승까지 진출할 수 있을지 모르겠어요."

"지금 해 오신 것만 해도 충분히 잘하고 있으세요. 걱정하지 않으셔도 될 거 같습니다. 다들 한 번씩 응원 부탁드리겠습니다."

와아아아아—

우레와 같은 환호성 소리가 방청객에서 가득 퍼져 나왔다.

플뢰르 팬들을 끌어모은 값을 톡톡히 하고 있었다.

지현도 팬들의 응원에 훨씬 더 밝은 표정을 짓고 있었다.

4라운드에 남은 문제는 두 개.

그중 하나는 지현이 간신히 정답을 맞힐 수 있었다. 그리고 남은 한 문제.

지현은 결국 이 상황에서 건형에게 도움을 부탁했다.

4라운드 마지막 문제는 상식에 관련된 것이었다.

'복지는 좋지만 내 지갑에서 돈이 나가는 건 싫다.'라는 심리를 지칭하는 말로 복지 정책에 대해서는 찬성하면서 정작 세금을 더 내는 것은 반대하는 현상.

이 문제의 용어를 알아맞히는 것이었다.

비슷한 용어로는 님비 현상, 바나나(Build Absolutely Nothing Anywhere Near Anybody) 등이 있다고 하는데 지현도 님비 현상에 대해서는 이야기를 들어봤지만 정작 이

용어가 무엇인지는 알지 못하고 있었다.

보기로는 1번 스파게티볼 현상, 2번 윔블던 현상, 3번 눔프 현상이 주어져 있었다.

전부 다 경제 상식 용어였는데 문제는 지현 같은 경우 세 개 다 모른다는 데 있었다.

도우미로 나선 건형은 문제의 정답이 무엇인지 쉽게 알 수 있었다.

정답은 3번 눔프 현상이었다.

1번, 스파게티볼 현상은 여러 국가와 동시다발적으로 FTA(자유무역협정)을 체결했을 때 국가마다 다른 절차와 규정 때문에 FTA활용률이 저하되는 현상이었다.

2번, 윔블던 현상은 윔블던 테니스 대회의 주최국은 영국이지만 우승은 외국 선수들이 더 많이 하는 현상에서 유래한 것으로 개방된 국내 시장에서 자국 기업의 활동보다 외국계 기업의 활동이 더 빈번히 이루어지는 현상을 나타내는 말이었다.

즉, 정답은 3번 눔프 현상일 수밖에 없었다.

범수가 지현에게 물었다.

"정말 도우미 찬스를 쓰시겠습니까? 도우미 찬스는 3라운드부터 매 라운드마다 한 번만 사용이 가능합니다."

"네, 사용하겠어요."

어차피 이번 라운드 문제는 1개밖에 남지 않은 상황.

지현이 정답을 알면 안 써도 상관없지만 정답을 모르고 있으니 쓰는 게 당연했다.

범수는 시청자들한테 확인 겸 다시 한 번 더 물어본 것이었다.

범수가 고개를 끄덕인 후 건형에게 시선을 돌렸다.

그와 함께 메인 카메라가 건형에게로 돌아갔다.

꽤 오랜 시간 자리에 우두커니 서 있던 건형에게 드디어 카메라 세례가 쏟아진 것이었다.

"박건형 씨, 이지현 양이 처음으로 도우미 찬스를 쓰셨습니다. 소감이 어떠신가요?"

"저를 믿고 기회를 주신 것에 감사할 뿐입니다. 무조건 정답을 맞히도록 하겠습니다."

"그러면 정답은 이미 알고 계신 건가요?"

"물론입니다."

"역시 퀴즈의 신답군요. 그럼 퀴즈의 신이 생각하는 답을 들어보도록 할까요?"

"정답은 3번 눔프 현상입니다."

건형은 망설이지 않고 곧장 정답을 말했다.

범수가 짐짓 눈치를 봤다.

이렇게 긴장감 없게 정답을 맞혀도 되나 싶어서였다.

그러나 왕작가는 상관없다는 듯 고개를 저으며 계속 진행할 것을 요구했다.

"대단합니다. 역시 퀴즈의 신이라는 별명이 괜히 있는 건 아니었습니다. 그야말로 완벽하군요!"

박수갈채가 쏟아졌다.

퀴즈의 신에게 보내는 환호성이었다.

4라운드가 마무리됐다.

잠시 쉬는 시간이 주어졌다.

남은 건 5라운드와 6라운드.

왕작가가 지현에게 다가와 말했다.

"지현 씨, 공부 많이 해 왔나 봐요? 정말 잘 맞히는데요?"

"네, 열심히 준비했어요! 5라운드도 마저 잘해 보려고요."

"기대해 볼게요. 아이돌로는 처음으로 우승하는 게 아닐지 기대되네요."

"감사합니다, 작가님."

그때, 범수가 다가왔다. 그리고 왕작가와 단둘이 남았을 때 그가 물었다.

"그렇게 쉽게 넘어가도 돼? 긴장감 다 떨어질 거 같은데."

"에이, 오빠도 참. 그런 상황에서 긴장감이 왜 필요해요? 오히려 그 사람 이미지를 더 부각시켜야죠."

"이미지? 무슨 이미지? 아, 퀴즈의 신?"

"네. 아마 오늘 이 방송 나가면 사람들 장난 아니게 씹어 댈 거예요. 뭐, 지현이가 5라운드를 통과할지는 모르겠지만 한 번은 건형 씨 도움을 더 받을 테고 그때 건형 씨가 단번에 문제를 맞히면 어떻게 될까요?"

"음, 내가 시청자면…… 의심부터 하겠지. 너무 잘 맞히니까."

"바로 그거예요. 그러면 조작 의혹이 일어날 수도 있겠죠. 짜고 치는 고스톱 아니냐. 그때, 그 누구야 김문성 씨도 대기실에서 고래고래 날뛰고 그랬잖아요."

"아, 맞아. 이야기 들었어. 예선전 때 광탈하고서 난리핀 양반 말하는 거지?"

"네. 그럼 기자들 중 몇몇이 자극적인 제목으로 딱 이야기할 거란 말이죠. 퀴즈의 신이 사실인지 알아보고 싶다고."

"그런 다음 어떻게 하려고?"

"한 번 더 생방송하려고요. 퀴즈의 신을 상대로 자신 있는 사람 모두 불러놓고 테스트하는 거죠."

"흐음, 괜찮은데?"

일단 나쁘지 않게 생각됐다.

무엇보다 이거라면 시청자들의 관심도 부쩍 늘어날 게 분명했다.

워낙 자극적인 소재니까.

그러나 관건은 건형이 진짜 퀴즈의 신이라는 이름답게 모든 문제를 다 맞힐 수 있느냐 하는 것이었다.

별의별 사람들이 다 나올 터였다.

적당히 걸러 내겠지만 생방송에는 페널티가 존재한다.

그리고 잘못되면 '퀴즈의 신'이라는 캐릭터를 만들어 낸 프로그램의 순수성이 훼손 받게 되고 그것은 고스란히 폐지로 이어질 수밖에 없게 된다.

건형의 능력에 기대서 무리한 도박을 하는 게 아닌가 걱정이 됐다.

범수가 그 점을 지적하고 나섰다.

"너무 무리하는 거 아냐? 김 작가도 알겠지만 생방송은 부담이 심해. 거기에 건형이가 확실히 대단한 건 맞는데 모든 문제를 다 맞힐 수 있다고 보장할 수 있겠어? 막말로 건형이가 한 문제라도 틀리게 되면 거기서 이 프로그램 끝나는 거야. 쉽게 결정할 문제가 아니라고."

"그래서 확인해 보려고요."

"응? 뭘?"

"건형 씨 능력요. 정말 어떤 문제든 다 맞힐 수 있나 알아보게요. 된다고 하면 진행할 생각이에요. 그럼 오빠도 허락해 주실 거죠?"

솔직히 욕심은 난다.

메인 MC로 자신이 맡은 프로그램이 잘 나가길 바라는 건 누구나 마찬가지였다. 그러면 자신의 이름값도 덩달아 올라가는 거니까.

거기에 애착이 가는 프로그램이었다. 이 프로그램을 진행한지도 벌써 1년이 다 되어 가고 있었다.

슬슬 반등을 노려볼 때, 여기서 좋은 기회가 난 것이었다.

기회가 오면 단번에 낚아채라고 했던가?

'가능하다면…… 대박이겠지.'

건형은 자신 앞에 서 있는 두 사람을 보며 곤혹스러운 얼굴을 지어 보였다.

왕작가 김민지와 메인 MC 장범수.

두 사람이 찾아와서 단도직입적으로 이야기를 꺼내놓았다.

"건형 씨, 한 가지 궁금한 게 있는데요."

"네, 말씀하세요."

"혹시 어떤 문제든 다 맞히실 수 있어요?"

"음, 제 능력이 허락하는 한에서는요."

사실 거의 웬만한 문제는 맞히는 게 가능했다.

정말 괴상망측한 문제가 아닌 이상에야 머릿속에 도서관이 들어차 있는데 못 맞힐 리가 없었다.

막 자신이 언제 죽을지 맞춰 달라거나 다음 주 로또 번호를 미리 알려달라거나 이런 문제는 맞히지 못하는 게 당연했다.

그가 예지력이 있는 것도 아니고.

"그럼 이렇게 한번 해 보는 건……."

왕작가가 차분히 조만간 하게 될 생방송에 대한 기획의도를 이야기하기 시작했다.

이 프로그램의 이름이 '대한민국, 퀴즈에 빠지다!' 였다.

그렇게 하려면 퀴즈 열풍을 만들어 내야 했고 그것을 건형이 이끌어줬으면 좋겠다는 것이었다. 그리고 그렇게 하기 위해서 생방송으로 출연해서 대한민국 국민들이 내는 퀴즈를 하나도 빠짐없이 맞히는 그런 모습을 보여주길 원하고 있었다.

사실 어려운 일은 아니었다.

그러나 마음에 걸리는 부분도 있었다.

자신이 한 문제도 틀리지 않고 그렇게 계속 맞히게 될 경우 시청자들이 자신을 외계인 쳐다보듯 오해하게 될까 봐였다.

"아, 걱정하지 마요. 이건 특집 편성으로 구성하게 할 거니까요. 분기별로 한 번 정도만 내보낼 생각이에요. 괜찮으시죠?"

예전 병원에서 만났을 때 건형은 그들에게 몇 가지 요구한 게 있었다. 그리고 자주 노출되는 걸 꺼린다고 이야기했었다.

그가 연예인이 될 것도 아니고 일반인인 입장에서 방송에 자주 출연하는 건 크게 득이 될 일이 아니었다.

지난번 지하철에서 사람들이 계속 알아봐서 불편한 적도

있었고.

"그 정도면 알겠습니다. 나중에 어떻게 방송하실지 알려주십시오."

"물론이죠. 대신 만약 하게 되면 그날 방송에 출연하는 사람들이 내는 문제는 모두 다 맞춰야 한다는 거 명심해두세요. 아, 이상한 문제는 다 배제할 테니까 걱정하지 않으셔도 돼요."

"알겠습니다."

그리고 다시 녹화가 시작됐다.

이제 남은 건 5라운드였다.

지현은 어떻게든 5라운드도 성공해서 꼭 우승을 하고 싶어 하는 듯했다.

숙소에 텔레비전이 없다고 하더니 상금으로 텔레비전을 반드시 사려고 하는 듯했다.

5라운드부터는 보기가 주어지지 않았다.

주관식으로 정답을 맞혀야 했다.

예전에 K본부에서 하던 실버벨하고 방식이 비슷했다.

지현은 첫 번째로 나온 문제는 아슬아슬하게 정답을 맞혔다. 그러면서 상금도 일약 수직으로 상승했다.

그러나 두 번째로 나온 문제에서는 어려움을 겪었다.

두 번째 문제는 화장실의 약자를 물어보는 질문이었다.

우리에게 친숙한 영어 약자 중 화장실을 나타내는 영어 약자는 W.C. 였다.

여기서 이 W.C. 의 약자가 무엇인지 물어보는 것이었다.

다들 W.C. 에 대해서는 많이 들어봤지만 정작 그 약자가 무엇인지 제대로 아는 사람은 드문 게 사실이었다.

물론 지현도 그것을 제대로 알지 못했고.

결국 지현은 여기서 백지를 들 수밖에 없었다.

"네, 도우미 찬스를 여기서 사용합니다. 이거 상황이 어려워지는데요. 건형 씨, 정답은 알고 계시나요?"

"물론입니다."

"그럼 정답 공개해 주시죠."

건형이 화이트보드에 적은 정답을 들어 올렸다.

Water Closet.

물론 두말할 여지없이 정답이었다.

이는 수세식 화장실이라는 의미로 Closet 은 옷장, 벽장 이라는 뜻이 있는데 칸막이로 막혀 있다는 표현으로 옛날에 많이 쓰인 단어였다.

물론 이제는 영국에서도 쓰이지 않는 용어로 화장실은 'W.C.' 보다는 'Toilet' 으로 쓰고 있었다. 즉, 낡은 건물에서나 종종 찾아볼 수 있는 그런 단어라고 할 수 있었다.

그렇게 두 번째 문제까지 건형이 맞춰 주면서 통과했지만 세 번째 문제에서 지현은 아쉽게 탈락할 수밖에 없었다.

지현 다음으로 출연자 네 명이 더 나왔다.

그때마다 메인 MC 장범수는 유쾌하게 방송을 진행했고 건형도 틈틈이 나와서 문제를 도와주곤 했다.

출연자 중 한 명이 마지막 6단계까지 진출했는데 건형이 마지막 문제를 낸다는 말에 긴장하다가 그만 정답을 맞히지 못한 일이 있었다.

그렇게 장장 여덟 시간에 걸친 녹화방송이 마무리됐다.

방청객들은 물론 출연자들도 전부 다 퍼질 수밖에 없었다.

방송이 끝나고 다들 박수갈채를 보냈다.

생각보다 방송은 잘 뽑혔고 꽤 높은 시청률을 기대해도 될 거 같았다.

여전히 방청객들은 '퀴즈의 신' 건형에 관해 주절주절 이야기하고 있었다.

그들이 이렇게 이야기하고 있다는 거 자체가 홍보 효과에 도움이 되는 일이었다.

집에 가서 인터넷으로 이런저런 사이트에 글을 올리게

될 테고 또 크게 파급력을 가지고서 여러 사이트에 올라오게 될 터였다.

그러면 그것들 중 일부는 기사화되기도 하겠지.

시청률은 이런 식으로 뽑아내는 것이었다.

결국 이 바닥에서 가장 중요한 건 입소문이고 그것을 어떻게 포장하느냐가 관건이기 때문이었다.

녹화방송이 끝나고 회식을 하기로 내부에서 이야기가 나왔다. 출연자인 건형과 지현에게도 회식에 참석할 수 있는지 의견을 물어봐 왔다.

두 사람 모두 흔쾌히 뒤풀이에 참석하기로 했다.

회식 장소는 멀지 않은 곳에 있는 고깃집이었다.

출연자들부터 해서 제작진들까지 죄다 몰려 들어가자 미리 통째로 예약해 둔 고깃집이 사람들로 들끓기 시작했다.

그 와중에 건형은 졸지에 진 PD, 왕작가, 그리고 지현과 동석하게 됐다.

건형 옆에 지현이 앉았고 맞은편에 진 PD와 왕작가가 앉아 있는 형태였다.

어쩌다가 건형 옆에 앉게 된 지현은 계속해서 얼굴을 붉히고 있었다. 그리고 지현 소속사의 매니저는 그런 지현을 조금은 걱정스러운 얼굴로 쳐다보고 있었다.

다 같이 지글지글 고기를 구우면서 떠드는 동안 유독 한 테이블만 조용했다.

건형은 원래 말수가 없었고 지현도 수줍어하는 바람에 말이 없었다. 그런 상황에 진 PD와 왕작가만 떠드는 것도 조금 어색한 일이긴 했다.

그때, 적막을 깨고 진 PD가 입을 열었다.

"두 분은 원래 말이 없는 건가요? 아까 전 방송 촬영 때는 그렇게 대화가 잦아보였는데."

"아, 아니에요."

지현이 황급히 손사래를 쳤다. 그녀의 얼굴은 홍당무처럼 새빨갛게 달아올라 있었다. 건형은 그런 지현을 보며 여동생 아영을 떠올렸다.

아영도 원래 중학교 때까지만 해도 저렇게 유쾌하고 발랄한 아이였다.

그러나 아버지가 순직하시고 난 뒤 급격히 삐뚤어졌고 어느 날 가출해 버렸다. 급기야 지금은 안 좋은 친구들과 어울리고 있는데다가 최근에는 돈까지 달라고 하고 있으니 어떤 상황에 휘말렸는지 그로서도 답답한 마음이었다.

그럴 때마다 지현을 보면 중학교 시절 유쾌 발랄했던 여동생을 보는 거 같아 자신도 모르게 아빠 미소를 지을 때가 있었다.

"무슨 표정을 그렇게 지어요?"

왕작가 말에 건형이 웃으며 대답했다.

"여동생을 보는 거 같아서요. 제 여동생도 지현이하고 비슷한 또래거든요."

"아, 그래요?"

"응. 철없는 애인 게 문제지만……."

지현은 건형이 말끝을 흐리는 걸 보면서 집안에 안 좋은 일이 있다는 걸 알 수 있었다. 다른 사람들도 눈칫밥 꽤나 먹었다 보니 무슨 일인지 어렴풋이 짐작할 수가 있었다.

다시 조용한 가운데 밥 먹는 소리만 오고 갔다.

그때, 플뢰르의 매니저가 조심스럽게 다가왔다.

꾸벅꾸벅—

진 PD와 왕작가한테 고개를 숙이며 들어온 그가 지현에게 다가가 귓속말로 속삭였다.

"이만 가야 할 거 같아. 촬영 스케줄 잡혔어."

"네? 웬 촬영 스케줄요? 오늘 이거 끝나고 더 이상 스케줄 없다고 하셨잖아요."

"그렇게 됐어. 인사드리고 나올 준비해."

"……."

지현이 매니저를 쳐다봤다. 그의 눈동자를 보고 그녀는 그가 거짓말을 하고 있다는 걸 눈치챌 수 있었다.

어째서 그러는 걸까?

이유는 하나뿐이었다.

자신이 건형과 가까이 있는 게 싫은 것이다.

원래 아이돌이라는 게 스캔들에 되게 민감할 수밖에 없으니까.

더군다나 여자 아이돌이면 소속사에서 극도로 거리낄 게 분명하다. 애초에 계약서를 쓸 때도 연애는 불가능하다, 라고 직접적으로 명시되어 있었으니까.

그렇지만 건형을 놓치고 싶진 않았다. 지금은 오빠 동생 사이밖에 안 될지 모르지만 그래도 더욱더 가깝게 지내고 싶은 게 그녀 바람이고 속마음이었다.

"싫어요. 여기 남아 있을 거예요."

"촬영을 펑크 내겠다는 거야? 지금?"

"오늘 하루만 미뤄 줘요. 오빠, 부탁할게요. 네?"

그녀 매니저도 악독한 사람은 아니었다. 악독한 사람이었다면 애초에 지현이 가깝게 지내며 속내를 털어놓지도 않았을 터였다.

지현이 계속 애원하자 그의 마음도 흔들리기 시작했다.

고민하던 그는 한숨을 내쉬더니 슬며시 귓속말로 이야기했다.

"촬영 없는데도 실장님이 너 데리고 오라 했어. 자꾸 건형 씨하고 붙어 있는 게 영 신경 쓰인다고. 일단 실장님한테는 진 PD님이 너 붙잡아서 못 나왔다고 말해 둘게. 그러나 처신 잘하고 있어. 너 하기 달린 거야. 내 목숨도. 알아들었을 거라고 믿는다."

그러고는 진 PD와 왕작가에게 허리를 숙여 보인 뒤 다시 나갔다. 그를 빤히 보던 진 PD가 의아한 얼굴로 물었다.

"지현 양, 무슨 일 있어요? 급한 일 있으면 들어가 봐도 돼요."

"네?"

지현이 화들짝 놀라며 그를 쳐다봤다. 어떻게 얻어 낸 기회인데 이렇게 물러날 수는 없었다.

"아니에요. 오빠가 술 너무 많이 마시지 말라고만 한 거예요. 걱정하지 않으셔도 돼요."

"아? 그래요? 다행이네요. 지현 양이 빠지면 가뜩이나 이 자리가 칙칙한데 더 칙칙해질까 봐…… 아."

왕작가가 그런 진 PD를 지그시 노려봤다. 이 자리엔 여자가 지현만 있는 게 아니었다. 골드미스이긴 해도 자신도 여자였다.

그런데 저런 발언이라니!

"하하, 죄송합니다. 왕 작가님."

"됐어요. 진 PD님이 그러실 줄은 몰랐네요."

"잘못 말이 헛 나온 건데……."

그런 두 사람을 보며 건형이 피식 미소를 지었다.

이 프로그램만 1년 넘게, 다른 프로그램까지 합치면 몇 년은 동고동락했다던데 대화만 봐도 그런 분위기를 느낄 수가 있었다.

그때, 지현이 건형을 쳐다보며 물었다.

"오빠, 여동생이 제 또래라고 했잖아요. 그럼 올해 대학생인 건가요?"

"아, 대학생이 아니라 고등학생. 원래대로면 대학생이어야 하는데 2년 유급당했거든. 그래서 고등학교 2학년 다니고 있어."

"유급이요? 무슨 일 있어요?"

"이 녀석 가출했거든. 그래서 학교도 듬성듬성 다녔고. 그러다 보니 아직도 고2야. 요새 또 학교 잘 안 나가는 거 같더라고. 에휴."

"정말요? 오빠가 있는데도 가출했다고요?"

"하하, 사정이 그렇게 됐어. 그보다 아까 그 매니저, 너한테 촬영 있다고 한 거 아니었어? 가 봐야 되는 거 아니야?"

지현이 눈치 없는 건형 모습에 속으로 얼굴을 구겼다.

퀴즈의 신이라 불릴 정도로 웬만한 퀴즈는 죄다 맞히더니 정작 여자 마음은 하나도 헤아리지 못하고 있었다.

'완전 허당이네. 허당.'

그럼에도 그런 모습이 꽤 멋져 보이는 게 사실이었다.

허당이라는 건 그만큼 여자를 잘 모른다는 거고 잘하면 지금 여자친구가 없을 수도 있다는 의미였다.

딱히 연애를 지금 당장 하고 싶은 건 아니지만 그래도 좋아하는 남자가 솔로라면 그보다 더 좋은 소식은 없을 터였다.

내친 김에 지현이 용기를 내서 물어봤다.

"건형 오빠, 혹시 여자친구는 있어요?"

"응? 그건 왜?"

"아, 그냥 궁금해서요. 앞으로도 종종 물어보고 싶은 거 있으면 오빠한테 연락하고 싶은데 여자친구가 있으면 불편해할 거 같아서요."

"그런 거라면 언제든지 괜찮아. 여자친구 사귀고 있는

것도 아니고 물어보고 싶은 게 있으면 얼마든지 물어봐도
돼."

"정말요? 진짜 약속한 거예요. 아무 때나 전화해도 상관
없겠죠?"

"응, 알았어."

그러자 지현이 새끼손가락을 내밀었다.

건형이 순간 의아한 얼굴로 그녀를 쳐다봤다.

지현이 배시시 웃으며 말했다.

"새끼손가락 걸고 도장도 찍어야죠."

그 말에 아영이 오버랩 됐다.

아영도 어릴 때 건형이 무언가 약속하면 항상 이렇게 새
끼손가락을 걸고 도장까지 찍길 원하곤 했었다.

건형이 새끼손가락을 마주 걸었다. 그리고 도장도 함께
찍었다.

지현이 배시시 미소를 지었다.

'조금 더 가까워진 셈이네.'

내심 예능 출연이 기껍지 않았던 게 사실이었는데 지난
번 '대한민국, 퀴즈에 빠지다!'에 출연했던 것이 새삼스럽
게 잘한 결정이라는 생각이 들었다.

만약 그때 출연하지 못했다면 그를 만나게 될 일도 없었

을 테니까.

　그런 생각에 지현의 얼굴에는 점점 더 함박웃음이 피어
나고 있었다.

Chapter. 08

녹화방송을 하고 나흘이 지났다.

방송을 하루 앞두고 건형 통장에 상금 중 일부가 입금이
됐다.

0원을 달리던 통장 잔고가 500,000,000원이 되었다.

20억이 약간 넘는 상금 가운데 5억 원이 일시불로 지급
된 것이었다.

건형은 태어나서 처음으로 보는 아홉 자리 숫자에 함박
웃음을 지었다.

언젠간 들어오겠지 생각했는데 이렇게 막상 통장에 들어

온 걸 보니 새삼 자신이 퀴즈쇼에 나가서 전승 우승했다는 게 실감이 나는 거 같았다.

통장에 돈이 들어오자 해야 할 일이 생각났다.

일단 엄마 집부터 살 생각이었다. 요 며칠 근처 부동산을 돌아다니면서 많은 정보를 수집했었다. 그리고 인터넷 카페를 통해서도 괜찮은 집을 구해 보곤 했다.

그렇게 발품도 팔고 부동산에서 정보도 구한 덕분에 괜찮은 집을 하나 찾아낼 수 있었다.

지은 지 오 년이 약간 넘은 빌라로 평수가 넓은 건 아니지만 혼자 살기엔 아늑한 크기의 집이었다.

곧장 건형은 부동산에 전화를 걸었다.

계약금을 입금하고 조만간 찾아가서 매매 계약서를 작성하기로 했다.

그렇게 하나를 마무리 짓고 난 다음 인터넷에 들어가 컴퓨터를 한 대 새로 구입했다.

이것도 인터넷에서 검색해본 정보를 토대로 맞춰 놓은 것이었다.

부품이 오는 대로 바로 조립할 생각이었다.

그렇게 일을 마무리 지은 다음 얼마 지나지 않아 부동산으로 향했다.

매매 계약서를 작성하고 매매대금을 지급하고 나자 온전히 20평 빌라는 건형 소유가 되었다. 아예 가구도 전부 빼 버렸기 때문에 집 안은 텅텅 비어 있었다.

이제 이 안을 채워 넣는 건 엄마의 몫이었다.

내친김에 건형은 곧장 본가로 향했다.

지하철을 타고 1시간여 달린 끝에 본가에 도착했다.

오늘은 그때처럼 부산스럽지 않고 조용했다.

비밀번호를 누르고 안으로 들어가자 잘 정리된 집이 보였다.

엄마는 밖에 나갔는지 보이지 않았다.

여기서 가져갈 만한 가구를 고르는 사이 엄마가 집에 돌아왔다.

"아들, 연락도 없이 어쩐 일이야?"

"보고 싶어서 왔어요. 겸사겸사 할 말도 있고요."

"그래? 일단 무슨 일인지 들어보자. 커피 줄까?"

"아뇨. 괜찮아요."

부엌에 앉은 뒤 건형이 자초지종을 이야기했다. 너무 멀리 떨어진 곳에 사는 게 그래서 집 근처에 빌라를 하나 마련했고 그곳으로 들어와서 살았으면 좋겠다고.

이야기 안 해서 죄송하지만 이미 집은 구매했고 가구들

만 들여놓으면 되니까 부담 가지지 않으셨으면 싶다.

이야기를 듣는 내내 엄마의 표정은 썩 좋아 보이지 않았다. 아무래도 자식한테 부담을 지운다는 그런 생각 때문일 터였다.

"괜찮아요, 엄마. 여태껏 고생 많이 하셨잖아요. 이제 쉬실 때도 됐죠. 지난번에도 저한테는 친목계 간다고 하셔 놓고서는 고깃집 가서 아르바이트하셨잖아요. 계속 그렇게 무리해서 일하다가는 몸 상해요. 이제 쉬셔야죠."

"그래도 아직 엄마 젊다. 젊은데 일 안 하고 게으름 피우는 건 하면 안 되는 일이야. 나보다 더 굶주리고 힘겹게 사는 사람들도 많은데."

"그런 사람들은 제가 더 돈 많이 벌어서 도울게요. 그러니까 일단 엄마 몸 걱정부터 하세요. 조만간 저하고 같이 병원도 가 봐요. 이왕 이렇게 된 거 종합 건강 검진도 받아 봐요."

"……고맙다. 내 새끼."

결국 마음의 부담을 조금은 덜어 버린 엄마가 건형을 끌어안고선 붉어진 눈시울로 눈물을 흘렸다. 뺨을 타고 흐르는 눈물이 건형의 어깨를 계속해서 적셨다.

건형은 그런 엄마의 마음고생을 누구보다 잘 이해할 수

있었다. 아버지가 순직하고 나서 건형과 그의 여동생을 먹여 살리고 공부까지 가르치느라 가장 고생한 게 바로 엄마였다. 그런 엄마의 마음을 모르는 게 아니었다. 지금이라도 더 행복하게 만들어드리고 싶었다.

두 사람만으로 이삿짐을 꾸리는 건 힘들었다.

건형은 이삿짐센터를 불렀다. 건장한 아저씨들이 와서 짐을 나르기 시작했다. 불필요한 짐들은 버리기로 하고 필요한 짐들만 챙긴 다음 새 집으로 가구들을 옮겼다.

월세로 살던 반지하 방은 깔끔히 계약을 마무리 지었고 전입신고까지 마치자 새로운 보금자리가 생기게 됐다.

문제는 비어 있는 집에 새 가구들을 채워 넣기 위해 하루종일 쇼핑을 다녀야 했다. 엄마의 안목은 생각보다 훨씬 더 까다로웠고 그것을 만족하려면 꽤나 발품을 많이 팔아야 했다.

왜 여자하고 쇼핑을 같이 나서면 안 되는지 이제야 새삼 깨달을 수 있었다.

그렇게 쇼핑하고 돌아온 사이 주문했던 컴퓨터 부품들이 도착해 있었다. 퀵배달을 시켰더니 하루가 채 지나기도 전에 도착한 것이었다.

새롭게 컴퓨터를 조립한 건형은 곧장 인터넷 선에 연결

시켰다. 확실히 이전의 구형 컴퓨터보다 훨씬 더 빠르고 화면의 전환이 부드러웠다.

"이제 아영이를 찾아야겠지?"

원래는 e-mail이나 SNS을 해킹하려 했었다.

그러나 그보다는 일단 경찰서에 가서 먼저 알아보는 게 더 좋을 듯했다.

건형의 여동생은 현재 대학교에 다닐 나이다. 그러나 생일이 안 지나서 아직 미성년자였다. 즉, 경찰서에 가출신청을 하면 충분히 받아들여질 수 있는 나이었다. 미성년자의 경우엔 부모님의 보호를 필요로 하니 말이다.

건형은 단출하게 옷을 입고 난 다음 경찰서로 향했다. 경찰서에 도착한 뒤 여동생이 가출했다고 자초지종을 설명했다.

경찰은 따분한 표정을 지어 보였다. 귀찮아하던 그는 컴퓨터로 가서 이런저런 것들을 검색해 보기 시작했다.

잠시 뒤, 경찰이 고개를 설레설레 저었다.

"이거이거 문제가 꽤나 심각하네."

"네? 왜요?"

"이거 봐. 같이 어울려 다니는 놈들이 하나같이 전과자들이야. 어떻게 하려고 그래?"

"찾을 방법 없을까요?"

"얘네들 워낙 우리 눈을 잘 피해 다니는 놈들이라 딱히 찾을 방법이 없어. 일단 찾아보는 대로 연락 줄 테니까 기다리고 있어 봐."

건형은 경찰서를 나왔다.

이래서는 해결될 일이 아니다. 직접 알아봐야 할 거 같았다.

집으로 돌아온 건형은 컴퓨터로 해킹을 시도해 봤다. 머릿속에는 해킹에 관한 지식들이 빼곡히 들어차 있었다.

이론은 충분했다.

건형은 능숙하게 해킹 프로그램을 다루면서 여동생의 아이디와 비밀번호를 알아냈다. 그리고 N사이트에 접속해서 이메일을 확인했다.

스팸 메일과 각종 카페에서 보낸 광고 메일만 수두룩하게 쌓여 있었다.

건형은 메일을 하나둘 지워 나가면서 그녀에 관한 실마리를 찾을 수 있는 정보는 무엇이든 찾아보고자 했다.

그러나 이메일만으로 찾는 건 어려웠다.

그러다가 눈길이 갔다.

요새 유행하는 SNS, 그녀도 SNS을 하고 있었다.

건형은 링크를 타고 페이스북에 접속했다.

그녀가 올린 사진 몇 개가 눈에 띄었다.

대부분 자신의 심정에 대해 언급하고 있었다. 그리고 아래 '좋아요'와 댓글이 달린 게 보였다.

그 링크를 타고 들어가 보니 같이 어울리고 있는 친구들도 확인할 수 있었다.

그런데 그중 한 명의 전과가 화려했다.

폭력 행위 등 처벌에 관한 법률 위반, 도로 교통법 위반(무면허 운전), 공무 집행 방해, 상해 등 벌써 전과 4범이었다.

이런 녀석들과 어울렸다가는 그 끝이 어떨지 딱 봐도 자명해 보였다.

혹시 안 좋은 일을 겪고 있는 건 아닐지 걱정스러웠다.

그렇게 사이트를 뒤져보는 사이 눈에 띄는 게 하나 있었다.

사진을 찍은 곳의 위치가 저장돼 있었다.

그는 그 정보를 확인했다. 여기서 멀리 떨어지지 않은 곳이었다.

아마도 그 인근을 주로 배회하는 듯했다.

어느 쪽을 자주 돌아다니는지 알게 됐으니 나머지는 발

품을 파는 일만 남았다.

조만간 시간을 내서 한 번 그 근처를 들러봐야겠다고 생각했다.

물론 가장 좋은 건 아영이 다시 연락을 하는 것이었다.

그리고 그녀를 설득해서 집으로 돌아오게 하는 게 최우선이었다.

여태 방치해 뒀던 게 사실이다.

지금이라도 그것을 바로잡아야 했다.

일단 아영에 관한 일은 그렇게 하기로 마음먹었다.

그러자 시간이 남았다.

무엇을 할까 고민하던 건형은 아직도 채운 공간이 채 0.1%도 되지 않은 거 같은 내면의 세계를 다시 채워 넣고자 마음먹었다.

도서관을 가기에는 시간이 어중간했다. 집을 사고 이사를 하고 가구를 사느라 저녁 무렵이 다 되어 가고 있었다. 이 시간에 도서관을 가면 얼마 안 있어서 바로 퇴관을 해야 할 터였다.

건형이 선택한 건 인터넷이었다.

인터넷에 양질의 정보가 떠돌아다니는 건 맞지만 개중에는 엉터리 정보도 껴 있는 게 사실이긴 했다.

그렇지만 학술 전문 사이트라면 그런 염려를 덜 수 있다. 이곳에는 인증된 사람만이 학술 자료들을 올릴 수 있고 인증되지 못한 사람들은 댓글밖에 달 수 없었기 때문이다.

건형도 최근 들어 이 사이트를 자주 방문하고 있었다.

개중에는 건형을 깜짝 놀라게 할 만한 그런 학술 자료들도 있었다. 실제로 만나서 이야기를 나눠 보고 싶을 정도로 좋은 자료 말이다.

그러나 건형은 아직 준회원인 탓에 자신만의 논문을 써서 올려본 적은 없었다. 사실 그러고 싶은 생각도 없었지만.

건형이 정회원이 되려면 누구나 인정할 만한 논문을 올리거나 인증을 거쳐야 하는데 학부 대학생에 불과한 건형이 이 사이트의 인증을 통과한다는 건 사실 불가능한 일이었다.

그러나 요즘 건형도 정회원이 되고 싶은 욕심을 조금 갖고 있었다. 일단 정회원이 되면 더 수준 높고 다양한 학술 자료들을 읽을 수 있었다. 준회원들에게 공개되는 자료는 그 한계가 존재했었다.

게다가 그런 학술 자료들을 대부분 읽어본 상황에서 지금 그가 읽을 수 있는 자료의 수는 매우 적은 게 사실이었다.

결국 건형은 새롭게 올라온 학술 자료들을 읽어보기 시작했다.

대부분 올라온 지 한 시간이 안 된 따끈따끈한 새것들이었다.

그렇게 논문들을 읽던 건형은 1시간 전 올라온 한 논문에서 몇 가지 이상한 느낌을 발견했다.

"이거 좀 이상한데? 이 방식대로 접근하면 새로운 문제점이 생기지 않나? 작성자가 간과한 부분이 있는 것 같은데……."

곰곰이 고민하던 건형은 천천히 댓글을 달았다. 남이 심혈을 기울여 쓴 논문이라 타이핑하는 손길이 조심스러웠다.

하지만 그냥 넘어가기에는 분명히 잘못된 것처럼 보였고, 그 점만 해결되면 논문의 가치가 훨씬 더 좋아지기 때문에 찔러 보는 셈으로 의견을 남기기 시작했다.

그렇게 문제점처럼 보이는 부분을 지적하고 대책을 제시한 건형은 고개를 끄덕거리면서 학술 전문 사이트를 빠져나왔다.

"이 정도만 제시해 두면 다른 사람들이 확인해 보겠지.

그럼 이제 뭘 할까나⋯⋯."

잠시 생각해 보던 건형은 능력을 얻고 나서 새로 만든 취미인 바둑을 둬 보기로 마음먹었다.

암기력과 이해력을 가장 폭 넓게 다루고 한계에 도전할 수 있는 분야가 바둑이었다.

때문에 시중에 나와 있는 묘수풀이와 기보를 닥치는 대로 머릿속에 담아 두고 있었는데 이제는 본격적으로 플레이어와 대전을 해 봐도 괜찮을 것 같았다.

"설마 지진 않겠지."

건형이 학술 전문 사이트를 빠져나오고 얼마 지나지 않았을 때 그가 몇 가지 오류를 지적했던 논문에 댓글이 주르륵 달리기 시작했다.

영어, 스페인어, 프랑스어 등 온갖 언어들이 달렸고 그 댓글들 대부분 하는 이야기는 비슷했다.

이 오류를 지적한 게 누구냐 하는 것이었다. 논문을 올린 지 채 한 시간 정도도 되지 않은 상황에서 오류를 지적했고 그 지적한 내용들이 놀라울 정도로 완벽했으니 말이다.

게다가 그 회원이 준회원이라는 것도 이들에게는 놀라움의 대상이었다.

RE : 어떻게 아직도 준회원일 수가 있지?

RE : 이 정도면 대단히 명망 있는 학자가 아닐까?

RE : 도대체 누구지? 한 시간 만에 이렇게 오류를 지적한다는 게 말이 된다고 봐?

RE : 작성자가 다른 아이디로 댓글을 남긴 게 아닐까?

RE : 그럴 리가 없잖아.

RE : 누군지 모르겠지만 내 논문을 이렇게 훌륭하게 평가해 줘서 고맙다. 그리고 다들 말해두지만 내가 댓글을 남긴 게 아니야. IP를 확인해 보면 알 수 있을 거야. 운영자가 해명해 줬으면 좋겠어. 근데 나는 이 논문을 올리면서 완벽하다고 믿었는데. 정말 부끄럽군. (작성자)

RE : 아니야. 네 논문은 훌륭했어. 정말이야. 이렇게 오류를 잡아낸 저 준회원이 놀라울 뿐이야.

물론 건형은 이 사실을 알 수가 없었다.

그 시각 건형은 플레이어 한 명과 바둑을 두고 있었다.

일종의 초심자 모드를 끝내고 본격적인 대전에 들어온 건형은 자신의 실력을 객관적으로 적어 달라는 말에 '튜토리얼 완료'라는 항목으로 선택했다.

그렇게 해서 건형은 초보자 수준으로 판정 받고 대전을 시작하게 됐다.

그리고 십여 판째.

건형은 모든 대전을 불계승패로 마무리 짓고 있었다.

불계승이라는 건 상대가 더 이상 수가 없다고 생각했을 때 졌다고 인정하고 돌을 던지는 것을 의미한다.

그만큼 압도적인 실력을 보여 주고 있었다.

그렇게 연전연승을 달리자 컴퓨터도 황급히 건형의 실력을 상향 조정했고 건형은 프로 바둑 기사와 대전을 두게 되었다.

상대는 중국에서 제법 이름난 프로 바둑 기사로 5단의 실력자였다. 꽤 이름이 있는 대회에 참가해서 준우승을 거머쥔 적도 있을 정도.

그런 그는 상대의 계속되는 공세를 막아 내지 못하고 있었다.

'정말 아마추어가 맞아? 이건 프로 수준인데.'

장취안은 고개를 설레설레 저었다.

이곳에서 바둑을 두면서 이렇게 강력한 상대를 만난 건 이번이 처음이었다.

결국 그도 불계승패를 선언할 수밖에 없었다.

장취안이 맥없이 무너지고 그 대국을 관전하고 있던 또 다른 프로 바둑 기사가 대전을 신청했다.

그는 올해 중국 프로 바둑 기사 랭킹 7위에 선정된 바 있는 렌허 7단이었다.

'장취안 5단이 이렇게 쉽게 무너질 줄이야. 너무 방심해서 뒀어. 나라면…….'

건형은 대전 신청이 들어오자 곧장 그것을 수락했다. 확실히 바둑은 남다른 재미가 있었다.

머리를 써야 하고 또 전체적인 판을 읽을 줄 알아야 했다.

그야말로 천하를 상대로 기교를 부리는 것이나 마찬가지였다.

게다가 상대들의 실력도 녹록지 않았다. 그래서 더 흥미로웠다.

그렇게 또 한 번의 대국이 시작됐다.

"무슨 일인데 그래?"

중국 프로 바둑계의 거장이자 프로 바둑 기사 랭킹 1위에 올라 있는 천자시 9단은 동료의 급한 연락을 받고는 황급히 인터넷 대국 사이트에 접속했다.

중국은 물론 한국, 일본, 대만 등 바둑을 두는 기사라면 누구든 자주 찾는 곳으로 프로 바둑 기사들도 종종 정체를 숨기고 이곳에서 바둑을 두곤 했다.

그것은 천자시 9단도 마찬가지였다. 현재 그의 승률은 81%, 백 차례가 넘는 대국에서 8할이 넘는 승률을 기록했다는 것 자체가 그의 실력을 보여 주는 것이었다.

그런 천자시 9단이 다급하게 인터넷 대국 사이트에 접속한 이유는 하나 때문이었다.

정체를 알 수 없는 아마추어 한 명이 이 대국 사이트를 와장창 박살 내고 있다는 소식 때문이었다.

상대의 정보에 대해서 아는 건 없었다.

자신의 정보를 비공개하고 싶다면 비공개할 수 있었으니까.

그러나 전적은 알 수 있었다.

상대의 전적은 화려했다.

튜토리얼 10전 10승.

대전모드 9전 9승.

튜토리얼은 크게 의미 없다지만 대전모드는 이야기가 달랐다.

9승 모두 불계승.

천자시 9단은 혀를 내둘렀다.

처음 다섯 번의 대국은 아마추어를 상대로 둔 것이었다.

그러나 이후 치러진 네 번의 대국은 프로 바둑 기사를 상대로 둔 것이었다.

중국 프로 바둑계의 초신성이라 불리는 장취안 5단, 프로 바둑 기사 랭킹 7위 롄허 7단, 그리고 프로 바둑 기사 랭킹 23위 추광야 6단, 랭킹 39위 파오루이룽 4단.

하나같이 중국 바둑계의 최강자들이라 할 수 있었다.

어느새 소문이 났는지 그의 경기를 관전하는 사람들이 수두룩하게 모여 있었다.

개중에는 한국 프로 바둑계 기사도 있었고 일본 프로 바둑계의 기사도 있었다.

천자시 9단이 알고 있을 정도의 거물들도 수두룩했다.

'한번 붙어 보고 싶다.'

천자시 9단이 입술을 핥았다. 묘한 긴장감이 일었다.

지금 두고 있는 걸 보면 상대가 얼마나 강한지 알 법한데 도무지 종잡을 수가 없었다.

'내가 두면 이긴다고 장담할 수 있을까?'

승률은 30% 남짓, 아니 어쩌면 더 낮을지도 몰랐다.

천자시 9단은 고개를 설레설레 저었다.

어디서 이런 고수가 나타난 건지 알 수 없었다.

'예전 그 한국의 박 7단을 보는 거 같군.'

몇 년 전에도 이런 일이 있었다. 고등학생에 불과하던 한국의 7단이 인터넷 대국 사이트에 접속해서 깽판을 치고 간 적이 말이다.

그때, 자신을 비롯한 수많은 중국 프로 바둑계의 기라성들이 지리멸렬했었다. 자신의 승률이 80%인 이유도 그에게 2번 도전해서 2번 패배한 것 때문이었다.

'그러나 박 7단은 분명 아닌데. 그와 두는 방식이 달라. 그리고 지금 내가 박 7단을 만나면 충분히 상대할 수 있겠는데 이자는 아니야. 솔직히 말하면 두려울 정도야.'

그게 지금 그의 솔직한 심정이었다.

어느덧 대국이 서서히 끝나가기 시작했다.

이번에도 불계승패가 선언될 거 같았다.

천자시는 슬슬 기회를 노렸다. 어떻게든 대국 신청을 해볼 생각이었다.

현재 이 대국 사이트 랭킹 1위인 자신이 대국을 신청한다면 무조건 받아들일 거라고 확신하고 있었다.

그렇게 불계승패로 선언이 되고 천자시 9단이 대국을 신청하려 할 때였다.

– 대국 신청이 불가능합니다. 상대방은 현재 오프라

인 상태입니다.

"뭐라고?"

인터뷰가 잡혀 있던 것도 취소하고 달려왔는데 정작 상대방은 사라져 버린 것이었다.

그 시각 건형은 멘붕 상태였다.

"말도 안 돼. 어떻게 기보 좀 외우고 묘수풀이 좀 봤다고 프로들을 이길 수 있는 거지?"

원래 그는 능력을 지식을 암기하고 그것을 이해하는 용도 정도로만 사용하고 있었다.

그러나 이번에 대국을 두다 보니 뭔가가 이상했다.

바둑은 암기만 한다고 압도적으로 이길 수 있는 종목이 아니다.

바둑의 수는 거의 무한대.

슈퍼컴퓨터가 모든 종목을 지배했고 인간보다 앞선다고 하지만 유일하게 그렇지 못한 분야가 바둑이라는 이야기가 있을 정도다.

게다가 건형의 기력은 단순히 기존 유명한 기보들을 외우고 시중에 나와 있는 묘수풀이를 이해한 정도에 그칠 뿐이었다.

결코 이처럼 프로들을 상대로 불계승을 따낼 정도로 파고들거나 이해하지는 않은 상태라고 단언할 수도 있었다.

하지만 계속 바둑을 두다 보니 단순히 현재의 국면을 이해하고 사활을 찾는 게 아니라 상대가 둘 지점이 서서히 보이기 시작했다.

한마디로 상대방이 대응하는 방식과 대국 스타일을 읽고 앞으로 어떻게 나올지를 예측하기 시작한 것이다.

그리고 자기도 모르게 빠져들어서 능력을 계속 가동했더니 한두 수만 미리 보이던 것에서 대국이 끝났을 때의 최종 모습까지도 예측할 수 있었다.

충격에 빠져 멍하니 모니터만 바라보던 건형은 잠시 후 소름이 돋아 부들부들 떨었다.

"내 능력을 내가 과소평가하고 있었다니."

그의 능력은 고작 암기와 이해에 그치는 게 아니었다.

아니, 무슨 일을 할 수 있는지 아직 그 겉면도 제대로 파악하지 못하고 있었다.

앞으로 능력을 좀 더 파악하고 체계적으로 다루기 시작하면 대체 어떤 사람이 될 수 있을지 감도 오지 않을 정도였다.

건형은 그런 자신의 미래를 생각하는 것만으로도 짜릿한 흥분을 느꼈다.

앞으로 펼쳐질 미래에 심장이 두근거리기 시작했다.

〈다음 권에 계속〉

장담 신무협 장편소설

강호제일해결사

江湖第一해결士

ORIENTAL FANTASY STORY & ADVENTURE

탄탄한 구성과 짜임새 있는 연출로 이루어 낸 장담표 무협.

상대를 죽이지 못해 암살은 꿈도 못 꾸는 반쪽 살수, 사운평.

강호제일의 해결사가 되기 위한 좌충우돌 강호조횡기!

dream
books
드림북스

독공의 대가

권이백 신무협 장편소설

ORIENTAL FANTASY STORY & ADVENTURE

짜임새 있는 전개,
유쾌한 이야기로 독자들을 사로잡다!

사냥꾼이자 독인, 두 가지 정체성을 지닌 소년 왕정.
전대미문인 그의 독공지로(毒功之路)에 주목하라!

★
dream
books
드림북스

금검 혈도

백준 신무협 장편소설

ORIENTAL FANTASYSTORY & ADVENTURE

『무적명』, 『초일』, 『진가도』의 작가!
백준 신무협 장편소설

『금검혈도』

누군가가 죽었는데 범인이 보이지 않는다면?
무언가가 사라졌는데 어딨는지 모른다면?
신출귀몰한 사건일수록 잘 해결하는 놈을 찾아야 한다.
무림맹 최고의 해결사인 그놈을 찾아라!

dream
books
드림북스